KB124777

세
개
의
빛

제11회 제주 4·3평화문학상 수상작

임재희 장편소설

세 개의 빛

은행나무

차
례

일러두기

이 소설은 2007년 미국 버지니아주에서 발생한 '버지니아공대총격사건'이 모티프가 되었다. 그와 관련된 뉴스, 블로그 글을 참조했지만, 구체적인 내용과 인물들은 작가의 상상력에 의한 허구임을 밝힌다.

6일의 시간

가끔 총소리가 들린다.

들린다고 생각한다.

그리고 그 순간 노아의 얼굴이 떠오르다 희미해진다.

오랫동안 심리 상담을 받았다.

마지막 상담 시간에 심리치료사가 두 가지 제안을 했다.

'6일의 시간'에 대해 쓰는 것과 노아를 충분히 애도할 수 있는 장소로 여행을 가보라는 것.

나는 두 가지 제안 모두를 이해할 수 없어서 혼란스러웠다. 여행은 둘째치고, 벗어나고 싶은데 쓰라니. 되돌아가 기억하라니. 잔인한 처방처럼 느껴졌다. 심리적 고통을 통째로 외면당한 기분이었다.

예상했던 반응이라는 듯 심리치료사가 고개를 끄덕였다. 자신이 겪은 일을 스스로 써 내려갈 수 있다면 조금씩 힘든 마음에서 벗어날 수 있는 치유의 글쓰기가 된다고 설명했다. 틀린 말은 아닌 것 같았다. 실천하기 불가능하다고 느꼈을 뿐. 나는 잠시 침묵하다, 그럼 여행은요? 물었다. 둘이 함께 갔던 장소들은 떠올리는 것만으로도 힘들었고, 새로운 장소로 혼자 여행하는 건 내키지 않았다. 어느 곳이든 더 큰 상실감을 불러올 것이 뻔했다.

하나씩 천천히 해보자고 심리치료사가 말했다. '6일의 시간'에 대해 먼저 쓰고 나중에 여행을 생각해보는 것도 좋은 방법일 거라고.

처음 1년 동안 나는 거의 한 글자도 쓰지 못했다. 그 시간 속으로 걸어 들어간다는 자체가 또 다른 고통이었다. 도망쳐도 늘 같은 곳에서 서성거리는 나를 만날 뿐 아무 진전도 없는 날들이 이어졌다.

모니터 화면에 커서가 깜박거리는 걸 한참 바라보던 어느 날이었다. 나는 2007년 4월 16일이라고 썼다. 그 시간 이후 처음 써보는 그날의 숫자가 상흔처럼 꿈틀거렸다. 그리고 한 자 한 자 쓰기 시작했다.

*

2007년 4월 16일

쓰레기 수거 차량이 타운하우스 단지를 빠져나갔다. 모든 사물의 움직임이 함께 멈춘 듯 사방이 고요하다. 월요일 늦은 오전. 우리는 침대에 누워 창밖을 바라보고 있었다. 창문만 한 크기의 세상이 온통 연둣빛으로 출렁거렸다. 서로의 몸을 쓰다듬는 손길은 봄 햇살처럼 느리고 부드러웠다. 오랜만에 휴가를 얻은 사람들 같았다.

이런 순간이 영원으로 이어져도 좋을 것만 같다고 노아가 말했을 때, 나뭇가지가 흔들렸다. 새 한 마리가 날아와 꽁지깃을 위아래로 흔들며 앉은 것이다. 뒤이어 서너 마리가 함께 날아들었다. 갑자기 창밖이 분주해졌고 연둣빛 새순들이 새 그림자에 검푸르게 변했다. 다른 세상이 된 것만 같았다.

휘리리호, 휘리리호.

새 소리가 오래 끊이지 않았다.

그런데…….

노아가 창밖에 두었던 시선을 내게 돌리며 말했다.

저, 소리…….

새?

응. 한국 사람들은 새가 운다고 표현한다며?

어떤 사람들은 노래한다고도 해.

이상하지 않아?

뭐가?

새소리는 하난데, 누군가에게는 울음으로 누군가에게는 노래로 들린다는 게?

듣는 사람 마음이 담기는 걸까?

새가 그 말을 들으면 억울하겠다. 새의 마음이 담겨야지.

우리 엄마는 늘 새가 운다고 하셔. 심지어 집이 운다고도 하셨어. 지금 생각하니 좀 이상하다, 그치? 당신은 어떻게 들려?

글쎄…… 당신은?

지금은…… 노래처럼 들리긴 해.

긴 휴가가 시작되는 첫날의 대화처럼 여유로웠다.

난 3시 교대야.

노아가 말했다.

난 2시에 J작가 인터뷰.

우리는 서로의 일정을 확인하고 길게 기지개를 켰다.

노아는 늦은 아침을 준비하겠다며 먼저 일어났다. 곧이어 그가 주방이 있는 1층으로 내려가는 소리가 들렸다. 나는 샤워를 하기 위해 욕실로 향했다.

젖은 머리가 닿은 목덜미가 선득했다. 응달진 산등성에 아직 녹지 않은 눈이 가느다란 흰 띠로 남아 있던 모습이 떠올랐다. 뜨거운 커피 생각이 간절했다. 스웨터를 찾아 걸치고 목조 계단을 빠르게 내려갔다.

노아가 주방에서 커피를 내리고 분주하게 베이컨을 굽고 있을 거라는 예상은 빗나갔다. TV 앞에 우뚝 서 있는 그의 뒷모습은 처음인 듯 낯설게 느껴졌다. 멈칫한 사이 빠르고 두서없는 앵커의 목소리가 작은 거실을 채웠다. 화면 속에 보이는 모든 것이 흔들리고 있었다. 낯익은 대학 건물. 노리스홀 같았다. 나도 모르게 마른침을 삼키며 TV 앞으로 다가갔다. 찬바람이 목덜미를 휘감는 것만 같았다. 사람들이 화면 속에서 우왕좌왕하고 있었다. 어떤 장면은 몹시 빠르게 지나갔다. 땅에 주저앉은 채 울고 있거나 실신한 채 누워 있는 사람도 보였다. 소방차, 경찰차, 구급차, 세상 모든 큰 차들이 다 모여 건물을 에워싸고 있었다. 머리가 헝클어지고 눈물범벅이 된 얼굴로 여학생이 소리쳤다.

다 빠져나오지 못했어요! 다!

나는 손으로 입을 가리며 돌아섰다. 노아가 두 손을 바지 주머니에 찔러넣은 채 화면만 뚫어지게 보고 있었다. 이 공간에 혼자 있는 사람처럼 그는 나를 의식하지 못하는 듯했다.

노아?

나는 노아의 팔을 슬며시 잡았다. 화면을 바라보던 그의 시선이 천천히 나를 향했다. 깊은 생각에서 막 빠져나온 듯 혼란스러워 보이는 두 눈동자가 나를 바라보았다. 낯설지 않은 눈빛이었다.

어느 날 극장에서 둘이 영화를 보다가 갑자기 그가 중간에 일어나 뛰쳐나갔던 일이 있었다. 나는 몹시 당황해서 이유도 모른 채 덩달아 따라나섰다. 싫어. 그냥 안 보고 싶어. 그의 목소리가 조금 떨렸다. 영화 제목은 잊었다. 주인공이 오래 키우던 개를 향해 총구를 겨누던 장면이 나왔을 때 그가 일어섰다는 것만 기억날 뿐.

커피 내릴게.

물기가 마르지 않은 머리칼을 쓸어올리며 내가 말했다. 물방울 하나가 목덜미에 닿자 얼음 한 조각을 올려놓은 듯 소름이 돋았다.

볼륨 좀 줄이자.

나는 리모컨을 찾아 집어 들었다.

그냥 꺼.

노아는 샤워를 하겠다며 두 손으로 얼굴을 쓸어내렸다.

TV를 껐다. 보고 싶지 않은 한 세상이 저 너머로 사라진 듯 고요했다. 새들의 지저귐도 들리지 않았다. 섬뜩하게 느껴질 정도의 적막함이 냉기처럼 흘렀다. 침대 위에서 잠시 느꼈던 안온함이 모두 꿈같았다.

뉴스를 전하던 앵커의 목소리가 이명처럼 귓가에 맴돌았다.

대학 캠퍼스 총기 난사.

붉은색 자막이 눈앞에서 다시 활활 타오르는 것만 같았다. 나는 고개를 저으며 라디오를 켰다. 그곳도 다르지 않았다. 폭력의 현장을 생중계하는 목소리가 너무도 침착해 믿기지 않을 뿐.

라디오도 껐다. 베이컨을 굽고 커피를 내렸다. 베이글을 반으로 잘라 토스터에 넣고 버튼을 누르며 2층 계단을 힐끗거렸다.

노크해도 반응이 없었다. 자는 걸까. 문을 열었다. 암막 커튼이 햇볕을 차단한 실내는 밤처럼 어두웠다. 밤새 밀린 원고를 정리하고 내가 쪽잠을 자거나 야간 근무를 끝낸 노아가 종일 자는 방이다.

등을 돌리고 누워 있는 그의 실루엣이 희미하게 모습을 드러냈다.

완벽하게 어두운 이 공간에서 그는 무슨 생각을 하는 걸까.

나는 그에게 다가갔다. 동그랗고 따뜻한 그의 뒷머리를 손으로 쓸며 노아의 이름을 불렀다.

괜찮아?

조금 지나면 나아질 거야.

혼자 있고 싶다는 말이었다. 가끔 이런 날이 있었다. 그는 예전처럼 오래 누워 있다 아무렇지 않게 툭툭 털고 나올 것이다.

방문을 닫고 돌아섰다. 새들이 지저귀는 소리가 환청처럼 들려서 안방 쪽을 기웃거렸다. 창문 밖은 여전히 연둣빛이었으나 새들은 보이지 않았다.

주방 창을 활짝 열었다. 풀냄새가 은은했다. 온기처럼 부드러운 공기가 뺨에 닿았다. 대기는 조금씩 더 따뜻해지고 세상은 봄빛으로 차오를 것이었다. 나는 깊게 심호흡을 하며 먼 곳을 응시했다.

학교 도서관에서 노아를 처음 만났다. 식수대 앞이었고 휴일이었다. 가장 먼저 도서관에 와 가장 늦게까지 남는 동양인이라는 공통점을 어떤 우월감으로 느끼고 있는 듯한 눈빛을 서로 교환하며 짧은 인사를 나눴다. 내가 아르바이트와 학교를 병행하느라 대학을 거의 7년 만에 졸업하고 직장에 다닐 때였다. 대학원 입학 준비를 위해 주말마다 학교 도서관을 애용한다고 말했을 때, 노아는 간호학과를 다니는 늦깎이 대학생이라고 자기를 소개했다. 우리는 언제부턴가 서로의 눈에 띌 정도로 자주 마주치기 시작했고 같이 밥을 먹었고 차를 마셨으며 늦은 밤 캠퍼스를 함께 걸으며 연인이 되었다.

베이글도 커피도 식었다. 나는 노아를 기다리지 못하고 머그 잔에 커피를 따랐다. 커피가 유난히 쓰게 느껴졌다.

한 사람의 생을 이해하려면 얼마나 긴 시간이 필요한 걸까. 질문 하나가 솟구쳤다. 도서관에서 서로의 등을 마주했던 세월까지 짚어보면 긴 시간을 함께했음에도 여전히 서로를 다 안다고 말할 수 없었다.

노아가 좋아하는 음식을 만들어야겠다는 생각이 들었다. 냉동실에서 닭가슴살을 꺼내 전자레인지에 넣고 해동 버튼을 눌렀다. 토마토와 파슬리, 양파, 마늘을 꺼내 씻고 먹기 좋은 크기로 잘랐다. 바닥이 두꺼운 냄비에 물을 붓고 모든 재료를 넣어 끓인 다음 토마토, 파슬리를 넣어 약한 불에 오래 익히는, 쉬운 요리다.

어릴 때 양엄마가 만들어줬어. 보리차를? 아니, 치킨 수프. 보리차는? 한국 식당에서 처음 마셨는데, 언젠가 마셔본 것처럼 친숙하던데.

시큼하고 담백한 치킨 수프 냄새가 주방과 거실을 채웠다. 아침에 들었던 뉴스는 처음부터 존재하지 않은 세계의 이야기 같았다. 보리차를 끓이기 위해 전기 포트의 버튼을 눌렀다. 어느새 노아가 다가와 내 어깨에 두 손을 얹었다. 뒤돌아서자 노아는 맛있는 냄새를 따라온 아이처럼 몸을 꼭 붙이더니 내 허리를 감싸며 뺨에 부드럽게 키스했다.

푹 익은 닭고기 한 점을 노아의 그릇에 담았다. 그가 수저를 드는 것을 보고 나도 수저를 들었다. 그러나 어느 순간부터 노아의 행동이 점점 느려졌다. 미안해, 못 먹겠어. 그가 말했다. 나는 수저를 내려놓고 그를 바라보았다. 노아는 갑자기 의자에서 몸을 일으키더니 화장실로 달려갔다. 구토하는 소리가 문밖으로 흘러나왔다.

노아가 출근을 포기했다.

나는 오후에 잡힌 인터뷰 일정을 바꿨다. 신간을 내고 언론의 조명을 받던 J작가와의 인터뷰는 무척 기다려왔던 일 가운데 하나였다. 원고 마감일도 코앞이었다. 다행히 J작가는 흉흉한 뉴스에 마음이 몹시 무겁다며 인터뷰 날짜를 미루자는 말을 되레 반기는 눈치였다.

거실 전화가 정적을 깨며 울렸다. 오늘따라 전화벨 소리가 유난히 크게 들려서 화들짝 놀랐다. 수화기를 들자마자 다급한 엄마의 목소리가 튀어나왔다.

너희 동네에서 멀지 않지? 아휴 끔찍해, 끔찍해. 범인이 한국 학생이래. 네, 정말요? 나는 깜짝 놀라 물었다. 너는 뉴스도 안 보니? 딱 보니까, 한국 애야. 엄마가 말했다. 확실한 건 아니네요. 확실하다니까. 엄마는 자신의 눈을 의심하지 않았다. 불쌍해 어떡해. 누가요? 다, 다! 엄마는 제 자식이 죽은 사람처럼 울먹였다.

휴가 같던 날의 오후와 밤을 소파 위에서 보냈다.

최대한 볼륨을 낮추고 뉴스를 봤다. 끔찍했지만 멈출 수 없었다. 희생자 수가 공개되고, 조금씩 늘어났다.

　용의자 이름 석 자와 사진.

　엄마 말이 틀리지 않았다. 한국 사람이 아니라고 말할 수 없는 이름. 얼굴이 몹시 친숙하게 느껴질 정도로 너무도 '한국 사람'이다. 심장이 뛰었다. 분노와 슬픔의 감정만 있는 게 아니었다. 내가 모르는 사람인데도 완벽한 타인이라고 할 수 없어서 숨 막히도록 불편했다. 내가 방아쇠를 직접 당긴 것처럼 가슴이 계속 벌렁거렸다. 뉴스를 전하는 앵커는 천천히 '영 아시안 맨'이라고 말했다. 세 개의 단어 속에 두 개만 나와 같을 뿐인데, 나는 그와 다르다는 말을 자신 있게 할 수 없을 것만 같았다. 앵커의 감정이 배인 듯한 낮은 목소리와 분노의 눈빛도 날 향한 것처럼 느껴져 오금이 저렸다.

2007년 4월 17일

　총기사건에 관한 얘기로 편집실이 웅성거렸다. 대화의 정점에 늘 그 청년에 관한 얘기가 흘러나왔다. 그들은 한 덩어리가 되어 잔혹한 범죄자를 단죄하며 자신들이 얼마나 선량하고 무해한 사람인지 증명했다.

　나는 반박도 긍정도 하지 않았다. 애써 태연한 척하는 내 모

습이 싫었지만 그렇다고 대화에 끼어드는 건 침묵보다 더 어려
웠다.

킬러.

슈터.

서스펙트.

사이코.

그를 지칭하는 단어들이 속속 날아들었다. 동료들은 나를 의
식한 듯 '코리안', 아니 정확히는 앵커가 말한 '사우스 코리안'
이라는 단어는 언급하지 않았다. 팩트를 뺀 대화. 나는 그들의
배려가 불편했다. 나를 의식하지 않았다면 일어날 수 없는 행동
처럼 여겨졌다. 내가 그들보다 그 청년에 더 가까운 정체성을
지닌 사람이라고 단정한 듯했다.

난 아직 한국인인가?

그렇게 보이나?

그렇게 내가 느끼나?

정체성의 혼란을 느껴본 적은 있었지만 이런 질문을 진지하
게 자신에게 던져본 기억은 없었다. 한국에서 태어나 완벽하게
'한국적'인 부모와 가정에서 성장했고 자연스럽게 '미국물'을
먹으며 성장한 한국계 미국인 1.5세라고 나를 규정했다. 자랑
도 경력도 아니었다. 미국이나 한국, 둘 중 꼭 하나를 택해야 한
다고 생각해본 적 없었고 그냥 그 모두가 나라고 여기며 살아

도 큰 불편이 없던 시간이 만든 결과였다.

그런데 이상했다. 뭔가 분명하게 선택할 순간과 맞닥뜨린 것처럼 질문이 솟구쳤다. 왜 나는 그들처럼 대놓고 그 청년을 욕하지 못하는 걸까. 왜 그들과 똑같은 '미국인'이라고 증명할 수 있는 기회를 스스로 날려버리는가. 이런 상황에 왜 나는 피해자나 그들의 가족들보다 가해자인 한국인(한국인이라고 말할 수 있나?) 청년과 남겨진 그의 가족들에게 더 감정이입이 되는 걸까.

단지 같은 나라 출신 이민자라는 이유 때문일까?

나와 너무 비슷하게 생긴 사람이라서?

그는 수십 명을 죽인 살인자가 아닌가?

우연한 공통점이 몇 개 있다는 이유로 범죄자를 연민하다니.

나는 고개를 저었다.

편집 방향이 애도 분위기로 바뀌었다.

범인 주변을 집중적으로 취재해 연재하자는 의견이 있었다. 편집장이 내게 좋은 의견이 있느냐고 물었다. 내가 적임자라고 느끼는 표정이었다. 글쎄요. 나는 볼펜을 꼭 쥔 손으로 책상을 가볍게 두드리며 대답했다. 객관성이 중요해요. 남미 혈통을 자랑으로 여기는 티아라가 활달한 목소리로 끼어들었다. 내가 객관적으로 일을 처리할 수 없을 거라는 말처럼 들렸다. 편집장이 내 대답을 기다리지 않겠다는 듯 간접적인 방법으로 접근하자고 결론 내렸다. 아직 너무 일러. 그게 이유였다. 간접적인 방법─캠퍼스 내 카운슬러, 사회복지사, 시민 단체, 사회 심리학자 인터뷰. 키워드─고립과 편견, 총기 규제. 총기 규제 는 너무 우려먹는 거 아니에요? 누군가 식상하다는 듯 중얼거렸다. '인종', '이민자'와 같은 예민한 단어는 최대한 자제하자고 편집장이 다시 말했다. 그럼 뭘 쓰지? 모두 그런 표정으로 편집장을 바라보았다. 아직 너무 이르다고. 편집장은 예전에 비슷한 이슈를 다룰 때와 똑같은 이유를 댔다. 그 어느 쪽도 상처주지 않겠다는, 휴머니즘을 가장한 비겁한 중립 선언이었다.

노아의 메시지를 받은 건 퇴근 무렵이었다. 이탈리아 식당에서 같이 저녁 먹고 들어가자고 보낸 메시지의 답이었다.

─예약 취소해. 나 집이야.

나는 이유를 묻지 않았다.

─그럼 마트에서 뭘 사 갈까?

내 문자에 노아는 바로 답했다.

─저녁 생각 없어.

─그래도 뭘 먹어야지.

내가 다시 문자를 보냈고 그는 아무 답이 없었다.

정체 구간은 변함없이 이어졌다. 한인 상가가 밀집된 애넌데일 거리는 성수기가 끝난 휴양지처럼 썰렁했다. 셔터가 내려진 곳이 더러 보였고 낯익은 한인 마트와 미용실, 식당들은 벌써 간판 불이 꺼졌다. 수년 전 LA 폭동을 겪고 이곳으로 삶의 터전을 옮긴 이도 있었다. 비슷한 일이 벌어질까 두려움에 떨었을 사람도 있을 것이었다. 속력을 줄이며 라디오를 틀었다. 거의 모든 방송이 그 사건을 다루고 있었다. 비명이 터져 나오는 것만 같았다. 봄빛을 받아 신록으로 반짝이던 거리가 한순간 화마가 삼키고 지나간 폐허처럼 보였다.

그는 별로 말이 없었어요.

비사회적이고 폭력적인 성향이 강했어요.

그 사건이 터졌을 때 그가 범인일 거라고 단정했어요.

평소에도 위험한 눈빛이었어요. 살기와 증오로 가득 찼지요.

불안한 목소리의 증언들이 계속 흘러나왔다. 유가족들의 애통한 인터뷰가 이어졌다. 학교 관계자, 경찰, 구급대원들이 자신들이 겪은 그날의 상황을 설명했다. 범죄 심리학자가 범인을 직접 만나본 사람처럼 그의 뒤틀린 성장기에 대해 세세히 언급했다. 사회적, 심리적으로 고립된 성장기 서사는 악마의 탄생기처럼 들렸다.

나는 깊은 한숨을 몰아쉬었다. 차는 좀체 움직이지 않았다. 운전대를 두 손으로 꼭 잡았다.

스물세 살, 그 청년.

이 거리 어디쯤에서 나와 한 번쯤 어깨를 스치고 지나간 사람은 아니었을까.

상상은 분명한 확신이 되어 머릿속에 똬리를 틀었다. 어느 한 인 식당에서 김치찌개를 후루룩거리며 이마에 흐르는 땀을 닦던 모습을 본 것처럼. 한국 마트에서 신제품으로 나온 한국 라면을 집어 들다, 한국 라면이 최고죠! 하며 서로 마주보고 웃었던 것처럼. 캠퍼스에서, 코리안 페스티벌에서, 아트 페어에서, 교민 마라톤 대회에서…….

그를 모른다고도 안다고도 할 수 없는 이 지점이 목을 죄었다.

나는 결국 참지 못하고 라디오를 껐다.

정체가 조금 풀렸지만 곧 신호에 걸려 차가 다시 멈췄다. 나는 깊은 피로감을 느끼며 운전석에 등을 기댔다. 누군가의 시선이 느껴져 고개를 돌렸다. 금발의 중년 여자가 차창을 열어놓은 채 물끄러미 나를 바라보고 있었다.

당신은 그 스물세 살 범죄자와 같은 나라에서 온 사람인가요? 머리를 감으면 검정 물이 뚝뚝 흘러내릴 것 같은 까만 머리카락이 그를 떠올리게 해요. 잔혹해 보일 정도로 번들거리는 검정 눈동자까지. 그리고 그 눈빛, 공동 가해자라고 불러도 좋을 유대감이 느껴져요.

소리 없는 말이 귓가에 윙윙거리는 것만 같았다.

내가 민감한 걸까.

헛웃음이 나왔다. 중년 여자는 나를 계속 바라보는데 내가 먼저 죄지은 사람처럼 슬그머니 고개를 돌리다니. 갑자기 나는 자신에게 몹시 화가 났다. 내 입에서 무슨 말이 튀어나올지 장담할 수 없었다. 뜬금없이 클랙슨을 빽 누른 것도 그 때문이었다.

노아!

2층 계단을 올려다보며 내가 소리쳤다. 거실을 가로질러 빠르게 계단을 올랐다. 우리가 '어둠의 방'이라고 부르는 곳에 노아가 누워 있었다. 나도 모르게 안도의 한숨이 흘러나왔다. 전등 스위치를 찾기 위해 벽을 더듬었다. 스위치를 막 누르려는 순간 노아가 몸을 일으켰다.

불 켜지 마.

차분한 목소리가 내 손길을 멈췄다.

아파?

좀 피곤해.

뭘 좀 만들어줄까? 피자라도 시킬까?

치킨 수프 먹을게.

노아는 마음을 고쳐먹은 듯 침대에서 일어났다.

내가 수프를 데우는 동안 노아가 샐러드를 준비하고 냉동된 매시트포테이토를 꺼내 해동했다. 나는 시디 플레이어 안에 음반이 들어 있는 걸 확인하고 재생 버튼을 눌렀다. 브람스의 음악이 기다렸다는 듯 흘러나왔다. 서쪽 하늘이 오렌지빛으로 환했다. 막 잎이 돋기 시작하는 플라타너스 가지 끝에 저녁 빛이 닿아 반짝거렸다. 사물들이 마지막 빛을 발하는 순간은 언제 보아도 경이로웠다. 음식 냄새와 음악이 함께 어우러졌다. 우리에게 익숙한 저녁이었다. 변한 건 아무것도 없었다.

노아가 수프를 떠먹다 멈칫했다.

당신이 나를 위해 저 곡을 들려줬던 어느 밤이 생각나. 전화로 들려줬었어. 기억나?

노아가 물었다.

그랬나?

뭐야, 나만 기억하는 거야?

아, 생각난다! 배를 타고 막 어딘가로 가는 기분이 드는 멜로디라고 당신이 그랬어!

그랬나?

뭐야, 나만 기억하는 거야?

노아는 내 말에 예전처럼 환히 웃었다.

우리는 같이 주방을 정리했다. 음반 재생 버튼을 다시 눌렀고 같은 음악이 흘러나와도 지루한 줄 몰랐다. 건조기에서 꺼낸 보송보송 마른 수건과 속옷들도 함께 정리했다. 노아는 반듯하게 접힌 수건을 욕실 선반에 차곡차곡 넣었다. 뉴스를 보자는 말은 서로 하지 않았다. 걸을까? 내가 물었고 노아는 따뜻한 보리차를 텀블러에 담았다.

차가운 대기 속에 희미한 풀 향기가 묻어 있었다. 긴 겨울을 지나온 나무들은 연둣빛 작은 잎들을 터트렸다. 우리는 불 켜진 창들이 액자처럼 걸려 있는 집들을 지났다. 내가 하늘을 올려다보며 바다처럼 푸른 하늘이라고 말했을 때 노아가 입을 열었다.

그 청년…….

응?

나는 노아의 입에서 무슨 말이 터져 나올지 몰라 조금 긴장했다.

여덟 살 때 이민을 왔대.

아홉 살이었다는 말도 있어.

한국 나이?

응. 한국 나이.

태어나자마자 한 살?

응. 재밌지?

응. 그런데…… 여덟 살이면, 다 기억하잖아.

그렇지.

다 기억하는 나이는 무서운 거야.

그래…….

그때 난 총소리를 처음 들었어. 바로 눈앞에서, 직접 그 순간을 목격했어.

나는 전원이 꺼진 기계처럼 그 자리에 우뚝 멈췄다. 노아가 했던 말이 재생 버튼을 누른 것처럼 반복적으로 들렸다.

다 기억나. 아니 잊히지 않아. 바로 어제 일처럼 생생해.

노아의 목소리는 그 어느 때보다 침착해서 더 믿기지 않았다.

2007년 4월 18일

그는 모든 뉴스를 장식했다. 죽어서 겨우 존재가 드러난 사람처럼 다시 살았다.

여덟 살 때 가족과 함께 미국으로 건너온 그 아이.

커다란 검정 눈동자가 나를 바라본다.

들어줘, 들어줘, 내 얘기를 들어줘.

나는 머리를 흔들었다.

그를 기억하는 주변 사람들이 말한다. 말수가 적고 친구가 많지 않은 아이였다고. 이민 초기 아이들이 겪는 정서 불안을 극복하지 못한 채 성장한 사회 부적응자 같은 아이였다고.

낯설지 않은 이야기.

남의 이야기라고 말할 수 없는 내 이야기. 그의 모습 속에 분명히 내가 있었다. 그에 대해 반박도 수긍도 할 수 없던 이유였다.

조용해질 수밖에 없었어요.

영어가 서툴렀으니까.

소통할 사람이 없었으니까 당연히 입을 다물고 살았죠.

사람들과 눈 마주치는 게 제일 무서웠어요. 마주치면 말해야 하니까. 그건 고통이니까. 당연히 학교에 가고 싶지 않다고 눈물을 흘렸죠. 따돌림은 당연한 결과였죠. 교실에 나타나면 급우들은 내게 물건을 던지며 환호했어요. 볼펜, 필통, 먹다 남은 스낵, 휴지 조각, 껌, 땀에 젖은 운동복. 말해봐, 말! 합창하듯 소리쳤죠. 나를 넘어뜨리며 재밌어했죠. 나는 항상 고개를 푹 숙이고 다녔어요. 아무에게도 눈에 띄지 말기를. 항상 기도했죠. 점점 말은 없어졌고, 목소리는 점점 작아졌고.

언제부턴가 기도가 분노로 바뀌기 시작했어요. 터져 나오지 못한 말들이 눈동자에서 이글이글 타올랐겠죠. 나는 말을 하고 싶은데, 이제 말을 할 수 있는데 말을 거는 사람들이 없어요. 이미 나는 그들에게 괴물로 알려져 있었으니까. 그 어떤 행동도 '괴물의 짓'이 되었죠. 사람들은 점점 더 나를 멀리했어요.

질리도록 여기저기 불려 다녔죠. 다들 내게 묻기만 했어요.

왜 그러니, 너는? 왜? 도대체, 왜?

나도 모르게 계속 중얼거리고 있었다. 마치 내가 그가 된 것처럼. 그가 나인 것처럼.

그를 두둔하려는 것이 아닙니다. 그때의 나를 외면할 수 없을 뿐입니다.

살인은 그 어떤 이유나 변명으로 정당화될 수 없다는 것쯤은 저도 압니다.

안다고요.

설교하지 마세요.

어떤 악행은 오랜 상처의 검은 그림자가, 질긴 뿌리가 있다고 말하는 겁니다.

나도 그처럼 될 수 있었어요. 그런 생각이 들 때면 손가락이 떨려요. 그가 방아쇠를 당기던 그 순간이 내 손가락에 그대로 전해진 것처럼 전율이 일어요.

과장이 아닙니다.

그 시간을 통과한 사람들이 느끼는 통점이 내게도 있을 테니까요. 남의 일처럼 느껴지지 않아요. 남의 일이 될 수 없어요. 나는 단지 그처럼 되지 않기를 선택했을 뿐이었으니까요.

그 청년이 혹은 노아가 숱하게 들었을 'Go back to China!'

왜 백인들은 동양인을 보면 중국인을 먼저 떠올리는 걸까요. 한국 사람일 수도 있다는 가정은 몇 번째 상상으로 가능할까요? 누군가 속으로 그런 말을 껌처럼 씹고 있는 표정을 본 적 있어요. 그 눈빛을 아직 기억해요. 오래 혐오하는 일이 일상처럼 집요하고 능숙한 사람들. 피를 보지 않고도 피를 흘리게 만들어서 대놓고 반박할 수도 없죠. 돌아서면 그게 혐오였다는 걸 느낄 뿐이죠.

그 청년에 대해 들으면 들을수록 알면 알수록 정말 내가 아는 사람인 것만 같아요. 내겐 너무도 익숙한 이민자들의 삶이 거기 있으니까요. 그의 부모는 세탁소에서 일한다고 들었어요. 아버지는 바지를, 어머니는 상의를 다렸다죠. 그의 아버지는 하루 80~90벌의 바지를 다렸답니다. 160~180개의 다리. 세상을 서성거리고 다녔을 그 많은 다리, 다리들. 바지를 다리면서 무슨 생각을 했을까요. 아들이 세상 속을 건강하게 걸어다니게 해달라고 기도했겠죠. 그 믿음으로 다렸겠죠. 반듯하게 바지 주름을 세우고 당당하게 어깨를 펴고 걸으라고. 그들은 무슨 희망을 품었을까요. 말없이 묵묵히. 성실하고 반듯하게. 열심히 일하면 뭐든 다 잘될 거라고 믿으며. 가정, 일, 교회. 그 셋 가운데 하나라도 틀어지면 삶이 무너질 것처럼 조바심을 내던 내 부모 같은, 보통의 이민 가족들이죠.

그렇다고 그 무고한 사람들을 죽일 필요가 있어?

내 안에 다른 내가 소리치네요.

폭력의 부당함을 알리기 위해 폭력을 쓰다니. 상처를 당한 마음을 상처로 갚아주다니.

구제받을 수 없는 인간이죠.

정당하지 않다는 거, 모르지 않아요.

그런데 그 청년이 나와 상관없는 사람이라고 말하지 못하겠어요. 십 분의 일, 백 분의 일. 그 수치만큼이라도 같다면, 아니라는 말은 할 수 없는 거잖아요. 그러니 내가, 그가 쏜 수십 발의 총알 가운데 적어도 하나는, 분명 하나는, 내가 쏜 걸지도 몰라요.

현관문을 열고 들어서다 멈칫했다. 밤에 퇴근할 줄 알았던 노아가 소파에 누워 뉴스를 보고 있었다. 이제 거의 외울 것 같은 뉴스들이 그의 등 너머에서 현재형으로 흘러나왔다.

일찍 퇴근했네.

나는 애써 태연한 척 말하고 주방으로 갔다. 퇴근길에 샀던 프리지어 한 묶음이 내 손에 들려 있었다. 선반에서 유리 화병을 꺼내 꽂았다. 내 청각은 예민하게 그의 움직임을 더듬고 있었다. 숨소리까지 감지될 정도로 내 귀가 그의 입에 바짝 닿아 있는 것만 같았다.

휴지통을 열고 쓰레기를 버리려다 멈칫했다. 작고 투명한 가느다란 주사기. 언젠가 욕실 휴지통에서 보았던 것과 흡사했다. 나는 등을 돌리고 소파에 누워 있는 노아를 바라보았다. 여전히 말도 없고 움직임도 없었다. 나는 불안감을 누르며 소파가 있는 쪽으로 다가갔다. 불도 켜지 않은 거실에 TV 화면 불빛만 환했다.

노아?

응…….

힘들면…… 의사라도…….

아니.

응. 그래.

그는 여전히 화면에서 눈을 돌리지 않았다.

끄고 음악 들을까?

아니.

응.

뉴스를 그만 보자는 말이 내 입술을 건드리는 것만 같았는데, 다른 말이 튀어나왔다.

그럼, 우리, 어디, 짧게라도 여행이라도 갈까?

나는 내일로 잡힌 J작가와의 인터뷰를 잊은 사람처럼 밝은 목소리로 물었다.

아니야.

응.

은영아.

노아가 소파에서 몸을 조금 일으키며 내 이름을 불렀다. 그의 입술에서 흘러나온 내 한국 이름이 오래 불러온 이름처럼 너무도 정확한 발음이어서 놀라웠다. 그 이름으로 날 부른 건 처음이었다. 무슨 말을 하려는 걸까. 진정하자고 자신을 타일렀다.

나 좀 쉬고 싶어……. 회사에…… 사흘 병가를 냈어. 미리…… 의논하지 않아서…… 미안해. 다 귀찮다. 이해해줘.

이번 사건이 불러온 내상이 생각보다 큰 것 같았다. 어떻게 대답해야 하는 걸까. 누구에게라도 답을 묻고 싶었다.

응. 응.

나는 가볍게 고개를 끄덕였지만, 알 수 없는 조바심이 치밀어 오르는 것까지 막을 수는 없었다. 평소보다 느리고 부정확한 그의 말투가 계속 걸렸다. 작고 투명한 가느다란 주사기가 바로 눈앞에 있는 듯 어른거렸다.

휴지통…… 무슨, 주사기야?

나도 모르게 말을 더듬거렸다.

수면제야. 잠이 안 와서.

전에도 그렇게 대답했었다.

뉴스 좀 끄자. 왜 자꾸…….

나는 이 모든 상황이 몹시 힘들게 느껴져 생트집을 잡듯 소리 쳤다. 끊임없이 뉴스가 쏟아져 나오고, 그 청년 얼굴이 텔레비전 화면을 도배하는 공간이 목을 죄는 것만 같았다.

프리지어 냄새 좀 맡아봐. 향이 정말 근사해. 날이 아주 포근해졌어. 하루하루가 달라.

나는 가볍고 명랑한 목소리로 노아를 불렀다. 아무 일도 일어나지 않을 거라고, 우리는 안전하고 단단하다고, 화면에서 흘러나오는 모든 소식은 우리와 상관없는 다른 세계의 일이라고, 말해주고 싶었다.

노아의 다정한 대답을 기다렸는데 갑자기 분노에 휩싸인 목소리가 TV 화면 밖으로 터져나왔다. 나의 간절함은 흔적도 없이 깨져버렸다. 나는 뒤를 돌아보았다. 앵커의 얼굴이 참혹한 표정으로 일그러져 있었다.

반소매 블랙 티셔츠에 베이지색 조기를 받쳐 입고 검은색 장갑을 낀 채 양손에 권총을 들고 노려보는 청년. 검은 총구는 화해하지 못한 세상을 향해 언제든 불을 뿜을 듯했고, 검정 모자를 뒤로 돌려 쓰고 턱을 약간 숙인 채 치켜뜬 두 눈은 분노로 이글거렸다. 사건 당일 그 청년이 직접 제작한 영상물을 방송국으로 보낸 거라고 앵커가 말했다.

우리의 작은 거실은 청년의 입에서 거침없이 쏟아지는 저주의 말로 채워졌다. 나는 신음하듯 고개를 돌렸다.

끄자. 사이코패스야.

……

노아, 그만 *끄……*.

응.

노아는 저녁을 직접 준비하겠다며 스테이크와 와인을 냉장고에서 꺼냈다. 나는 감자 껍질을 벗기고 채소를 다듬었다. 노아는 말없이 스테이크 위에 소금과 후추를 뿌리고 오븐에 넣은 다음 내가 다듬은 감자를 냄비에 넣고 삶았다.

우리는 말을 무서워하는 사람들 같았다.

나는 라디오를 켜고 음악만 나오는 FM 채널에 주파수를 고정했다.

프리지어 화병이 놓인 테이블에 식사가 차려졌다. 꽃이 우리보다 화사한 저녁이었다.

오늘 저녁과 어울리는 꽃이지?

어둠이 깃든 창문을 등지고 앉은 노아를 바라보며 내가 물었다. 그 어떤 대답이라도 좋으련만 그는 말이 없었다. 머리 위로 흘러내린 불빛 때문인지 그는 무척 수척하고 피곤해 보였다. 이 공간에 혼자 있는 사람처럼 텅 빈 표정은 나를 불안으로 밀어 넣었다.

노아가 붉은 와인을 잔에 따랐다. 충분히 숙성된 와인 냄새가 대기를 건드리는 순간 긴장감이 좀 사라지는 것 같았다. 모든 게 지나가기를. 나는 간절한 마음을 담아 잔을 비웠다.

와인을 마시는 노아의 두 뺨이 조금씩 불그레해졌다.

우리 언제 한국에 한번 갈까?

노아가 뜻밖의 제안을 해서 깜짝 놀랐다. 한국 얘기, 한국적인 것은 의식적으로 피하던 노아가 아니던가.

좋은 생각이야! 이번 여름, 아니 다음 달에도 좋아. 5월!

그래, 5월. 한국에 가자.

근데 왜 한국, 갑자기?

글쎄.

노아가 정말 자신도 이유를 모르겠다는 듯 웃음을 보였다.

한국에 대해 생각나는 거…… 있어?

가벼운 목소리로 내가 물었다.

없지, 당연히. 근데 가끔 생각나. 아니, 가끔 상상해.

노아가 정말 자신도 알 수 없는 노릇이라는 듯 어깨를 으쓱했다.

지명도 모르는 거리와 친숙한 냄새들을 상상해. 기억한다고 믿고 싶어. 말도 안 돼. 내가 기억할 리 없잖아. 그렇게 어렸는데. 내 상상 속에 만들어진 걸 거야. 솔직히 가장 가고 싶으면서도 가장 가고 싶지 않은 곳이 한국이야. 당신은?

나?

나도 노아와 크게 다르지 않다고 말했다. 중학교를 졸업하고 떠나온 한국이었다. 특별한 애정이 있을 리 없었다. 가끔 친구 현진이 보고 싶다는 생각이 들었을 뿐. 그리움이나 향수라는 단어를 떠올리기에 어린 나이이기도 했다.

그럴 리가. 나를 위해 그렇게 말할 필요는 없어.

노아는 내가 부러 감정을 숨긴다고 여긴 것 같았다. 나는 고개를 저었다. 한국은 대학 때 친구들과 모국 방문 형식으로 다녀온 게 전부였다고 덧붙였다. 다시 가지 않았던 특별한 이유는 없었다. 길어야 2주 휴가였기 때문에 여행은 매번 새로운 곳으로 가고 싶었을 뿐.

노아는 담담한 표정으로 유년 시절 얘기를 내게 들려주었다. 건조하고 무심한 목소리였지만 표정을 보니 그가 얼마나 감정을 억누르며 얘기하는지 알 수 있었다. 여덟 살 때 파양되었다는 얘기를 들었을 때 나는 손으로 얼굴을 가렸다. 처음 듣는 얘기였다.

굳이 말하고 싶지 않았어.

왜?

서운한 감정을 담아 내가 물었다.

입양아라는 사실은 변하지 않으니까.

그래도 다르지…….

한 번과 두 번의 차이보다 더 큰 차이. 나는 막연하게 그런 생각을 하며 말했다.

노아는 가끔 몇 개의 단어만 던져놓고 말을 멈췄다. 감정을 추스르는 것 같았다. 나는 그가 다시 말할 때까지 기다려주었다.

어떤 치유는 고백에서부터 시작된다고 믿고 싶지만, 당사자가 되면 그게 말처럼 쉽지는 않아.

성이 '해리슨'이 아니라 '박'이나 '김'이 더 어울릴 것만 같은 얼굴이 나를 바라보았다. 나는 고개를 끄덕였다. 어떤 얘기라도 들을 준비가 되었다고 노아에게 말했다.

그날 내가 집에 있었어……. 양아버지가 양어머니를 총으로 쏜 날.

동부 억양의 차분한 그의 목소리가 내 귀로 날아들었다. 그의 입에서 흘러나오는 말들은 믿을 수 없을 만큼 놀라웠다.

내가 봤어. 아니 들었어. 건물이 무너지는 소리처럼 컸어. 분명히 내 안에 뭔가가 터지며 같이 무너졌을 거야. 그게 뭐였을까. 내 영혼이었을까. 내 귓가와 눈가에 피가 흘러내리는 것 같앉어. 태어나 처음 듣는 가장 큰 소리였어. 그 굉음을 듣고도 내가 멀쩡했다면 오히려 더 이상하지. 난 괴물도 귀신도 아닌 살아 있는 아이였으니까. 양아버지나 어머니가 웃어주거나 머리를 쓰다듬어주기만 해도 하루를 다 얻은 것처럼 좋아했던, 그냥 아이였어. 보는 것보다, 듣는 게, 아니, 듣는 것보다 상상하는 게……, 아니 기억하는 게 정말 제일 끔찍하고 무섭더라. 비슷한 소리만 들어도 그, 그 끔찍했던 장면이 바로 눈앞에서 툭 튀어나와.

노아 옆에서 그 모든 상황을 지켜본 것처럼 눈물이 터질 것 같았다. 나는 입술 끝을 살며시 깨물며 감정을 억눌렀다. 노아는 생각보다 침착해 보였다. 지난겨울 마트 주차장에서 있었던 일이 비로소 이해되었다.

히터를 켜느라 시동을 먼저 걸어놓고 물건들을 트렁크에 실었던 게 실수였다. 운전석에 앉자마자 나는 버릇처럼 엔진 키를 다시 돌리고 말았다. 철과 철이 부딪히는 날카로운 소리가 단말마의 비명처럼 겨울 하늘을 찢었다. 조수석에 앉아 있던 노아가 갑자기 튕기듯 차 문을 열고 뛰쳐나간 건 거의 동시였다. 당황해서 급히 엔진을 끈다는 게 또 같은 실수를 반복하고 나서야 겨우 시동을 끌 수 있었다. 노아는 주차장 끝에서 두 귀를 움켜쥔 채 미동도 하지 않았고 나는 오래 무안했었다.

난 아직도 갱 영화나 스릴러, 서부영화까지, 잘 안 봐. 아니

못 봐. 그 소리, 그 총소리가 자꾸 귀에 와 박히고 머리가 터질 것 같거든. 무서웠다고, 정말 무서웠다고. 그 말만 하면 살 것 같았는데 왜 그렇게 그 말을 오래 못 했을까.

노아는 혼자 묻고 혼자 대답하는 사람처럼 보였다.

경찰이나 사회복지사가 본 대로 들은 대로 말하라는데 전혀 기억나지 않는다고 말했어. 아니, 기억하고 싶지 않다고 말했어. 못 들었고 못 봤다고 말했어. 본 대로 들은 대로 그 상황을 말하는 순간 심장이 터져버릴 것만 같았으니까. 소리의 공포 때문에 사람이 죽을 수도 있겠구나. 가끔 그런 생각을 하며 진저리쳤어. 언젠가 이런 이야기를 당신에게 들려주려고 했었어. 아니, 아니야. 평생 이런 얘기 안 하고 살 수 있기를 바랐어. 정말 그러길 원했어. 그래서 파양 얘기도 안 했던 거야.

노아는 몹시 지쳐 보였다. 불그레한 두 뺨이 어느새 창백해져 있었다.

그만 말해도 돼.

내 말에 노아가 고개를 저었다. 마지막 힘을 끌어모으려는 듯 두 손으로 얼굴을 쓸어내렸다.

최악의 순간까지, 인간의 품위를 잃지 않게 도와달라고 기도 했어. 정말 그 기도만 했어. 유약한 나를 지킬 방법이 그것뿐이라는 걸 나는 이미 어릴 때부터 알았나 봐. 기특하지?

노아가 애써 침착한 표정으로 미소를 띠며 말했다.

모든 사람이 저 청년을 욕하더라도, 나만은 못 할 것 같아. 나만은 그러면 안 될 것 같아. 나도 속으로 수없이 누군가를 죽였거든. 총으로 쏘기도 하고, 망치로 내려치고, 칼로 난도질을 하기도 했어. 죽이고 또 죽였어. 그 청년 안에 깃든 지독한 악마성이 내게도 있다는 말이야.

노아는 알 수 없는 열기로 들떠 있었다. 자신이 하고 싶은 말을 이제야 쏟아내는 사람처럼 표정이 달아올랐다.

모든 살기가 살인으로 이어지지는 않아.

근거 없는 불안감을 끊어내듯 단호하게 잘라 말했다.

알지. 나도 그건 알아!

흥분을 가라앉히려는 듯 노아가 길게 숨을 뱉어내며 말했다.

음식은 식었고 잔은 비었다. 노아가 그만 치울까, 물었다. 나는 자리에서 일어서 빈 그릇들을 싱크대에 넣었다. 테이블에 프리지어 꽃만 덩그러니 남았을 때 나는 조금 억울한 마음이 들었다.

무거운 대화를 잊은 사람들처럼 우리는 서로를 바라보았다.

와인 더 마실까?

내가 물었다. 노아가 눈을 반짝이며 냉장고 문을 열었다. 나는 다시 잔을 챙겨 테이블에 놓았다.

한 병을 조금 빠른 속도로 비우고 두 번째 병을 놓고 마주 앉았을 때 노아의 표정이 조금씩 부드럽고 편안해지기 시작했다. 오늘의 대화를 후회하지 않는다고 그가 먼저 말했다. 이제야 당신 생에 더 깊숙이 들어온 것만 같다고 화답하듯 내가 말했다. 노아가 의자에서 몸을 반쯤 일으키며 테이블 맞은편에 앉아 있는 나를 일으켰다. 테이블을 사이에 두고 우리는 오래 입술을 포갰다.

라디오에서 왈츠가 흘러나왔다. 지독한 겨울이 지나고 완연한 봄이 찾아왔다는 전언처럼 감미로웠다. 아름다운 세상이 여전히 우리 곁에 있다는 위로의 말로 들리는 멜로디였다.

우리, 춤을 출까요?

나는 정중하게 예의를 갖춰 물었다. 멋지게 춤을 추며 이 봄을 맞이하자는 말처럼 들렸을 것이었다.

우리는 조금 휘청거렸다. 술기운일지도 몰랐다. 서로의 어깨에 한 손을 얹고 다른 한 손을 마주 잡았을 때 휘청거림이 멈추었다.

내 마음이 따라갈 수 없는 미친 세상은 가라!

노아가 소리를 꽥 질러서 나는 너무도 유쾌했다.

내 마음이 따라갈 수 없는 미친 세상은 가라!

노아의 말을 그대로 흉내 내며 나도 소리쳤다.

춤도 인생도 어쩜 우리는 이렇게 서툴지?

그래서 우리는 서로를 알아보았을까?

서로의 춤사위를 바라보던 우리는 낄낄거렸다. 엇박자와 부딪침이 계속 이어졌고 음악은 끝나지 않아서 웃음을 멈출 수 없었다. 노아에게 들었던 얘기들이 내 안에서 출렁거렸다. 노아의 두 뺨과 눈동자가 붉어지는 것 같았다. 우리는 웃음을 거두지 않았다. 기어코 이 순간을 웃으며 넘어가리라 다짐하는 사람들 같았다. 소파 주변을 우아하게 한 바퀴 돌았을 때 멈추지 않을 것 같았던 음악이 끝났다. 2층으로 오르는 계단 앞이었다. 어색한 이 순간을 참을 수 없다는 듯 우리는 서로를 바라보다 배를 쥐며 바닥에 널브러졌다.

2007년 4월 19일

삼나무가 양쪽으로 늘어선 길이 이어졌다. 붉은 벽돌의 외벽과 하얀색 창틀을 가진 집들이 띄엄띄엄 보이는 오래된 동네였다. 차창을 열었다. 다시 찾아온 계절이 눈부셨다. 풀 냄새, 꽃냄새, 흙 냄새가 뒤섞인 봄바람이 머리칼을 쓸며 지나갔다.

노아랑 함께 올걸.

뒤늦은 후회가 밀려왔다.

동네 깊숙이 들어서자 J작가가 알려준 통나무집이 보였다. 번지수를 확인하고 차를 세웠다. 주변의 집들이 붉은 사과처럼 크고 탐스럽게 보였다면, 통나무집은 숲속에 숨어 있는 앵두처럼 앙증맞았다. 도착을 알리기 위해 통화 버튼을 누르려는데 누군가 문을 열고 나왔다. J작가였다. 은빛 머리카락이 이마의 반을 덮은 모습은 사진 속 모습 그대로였다.

안녕하세요!

경쾌한 한국말이 귓가로 날아들었다. 나는 환한 미소를 지으며 차에서 내렸다. 그녀는 내가 소개하는 신간 안내 코너를 늘 챙겨 읽는 애독자라고 말하며 반갑게 나를 껴안았다.

실내는 커다란 원룸처럼 보였다. 벽장에 꽂혀 있는 책들은 방금 정리를 마친 듯 가지런했고 커다란 통창으로 들어온 빛이 구석구석을 비춰서 환했다. J작가가 차를 준비하겠다며 싱크대와 작은 냉장고가 있는 주방 쪽으로 다가갔다. 나는 다시 실내를 둘러보았다. 생활에 필요한 것들은 거의 갖추고 있었다. 작지만 완벽한 공간이었다.

초여름부터 늦가을, 두 계절을 여기에서 보내요. 나의 아름다운 동굴이지요. 이곳을 보여주고 싶어 부러 여기로 오라고 청했어요. 어제부터 와서 청소했는데 아직 덜 끝났어요.

등 뒤에서 J작가가 말했다.

우리는 볕이 좋은 테라스로 나갔다. 작은 목조 테이블을 사이에 두고 마주 앉았다. 실내가 훤히 보이면서도 삼나무 가로수길이 함께 보이는, 안과 밖의 경계가 없는 곳이었다. 무심한 봄 햇살이 뒤뜰과 나무 위로 쏟아져 내렸다.

할아버지가 지어준 집이에요. 방학이면 이곳에서 뛰어놀며 유년기를 보냈어요. 그 기억이 여전히 나를 행복하게 만들죠. 작가가 되었을 때, 아니 그 이전부터 나는 이곳에서 글을 썼어요.

눈가에 깊은 주름이 팰 만큼 환한 미소를 지으며 J작가가 말했다. 유년의 기억은 정말 중요하다는 말처럼 들렸다. 레몬차가 부드럽게 내 혀를 자극했다. 나는 가방에서 소형 녹음기를 꺼냈다. 그녀의 책을 감명 깊게 읽었다고 먼저 말했다. 같은 한국 사람으로서 좋은 작가로 조명받는 그녀가 자랑스럽다는 말도 했다. 그녀가 의미를 알 수 없는 미소를 지었다. '한국 사람'이란 단어를 곱씹는 것도 같았다. 어쩌면 그건 내 느낌일지도 몰랐다. 나는 어떤 경계 안에 그녀를 가두려는 의미는 아니었다고 설명하려다 관뒀다. 그런 설명이 오히려 그녀를 불편하게 만들 것만 같았다. 예전에는 편하게 묻고 말했던 것들이 예민하게 다가왔다. 나는 가끔 메모도 하면서 그녀의 얘기를 들었다. 그녀는 막힘이 없었지만 장황하게 말하지도 않았다. 필요한 말을 꼭 필요한 부분에만 쓰는 현명한 사람 같아서 부러웠다.

인터뷰 내내 그녀는 객관성을 유지하려는 태도를 보였다. 의도적일 수도 있었다. 한국인도 미국인도 아닌, '작가'의 모습을 보여주고 싶은 듯했다. 자신의 정체성을 지나치게 의식한 결과일지도 몰랐다. 한국에서 이민 온 조부의 삶을 모티프로 작품을 썼지만, 단지 코리안-아메리칸이라는 이유로 쓴 건 아니라고 그녀가 강조했을 때 그런 느낌이 들었다.

새로운 환경에서 고군분투하는 한 인간의 여정이죠.

책에서 느꼈던 점을 내가 말했다. J작가가 잠시 생각에 잠겼다.

그 한 인간은 한국에서 태어나 열여섯 살 때 미국 하와이주로 이민 온 노동자였으니, 코리안-아메리칸 맞네요!

J작가가 어깨를 으쓱하며, 인정! 소리쳤을 때 우리는 서로를 바라보며 웃었다. 인터뷰가 자연스러운 대화로 이어졌다. 인생 '선배'와 마주 앉은 느낌이었다. 인터뷰 예상 시간을 훌쩍 넘겼다는 걸 깨닫지 못할 정도로, 긴 대화가 지루한 줄 모르고 이어졌다. 테라스 너머 삼나무 숲이 장관을 이루었다. 오후 햇살이 잎에 닿아 머무는 절정의 순간이었다.

정말 아름다운 곳이군요.

나는 준비해온 질문지를 다 소화했다는 만족감에 주변을 천천히 다시 둘러보았다. 다시 오고 싶다는 말이 감탄사처럼 흘러나왔다.

언제든 놀러 와요, 미셸 은영. 대환영!

J작가는 정말이지 언제든 내가 온다면 집이라도 비워줄 듯 말했다.

대화는 자연스럽게 총기사건으로 옮겨갔다. 그 이야기를 하지 않고 헤어진다면 진실한 만남이 아니라는 듯. 어쩌면 우리는 이 순간을 나누기 위해 만났는지도 몰랐다. 미국 문단에서 주목받는 작가로 활동하는 그녀로서는 불편한 대화일 수도 있었다.

나는 녹취도 메모도 하지 않겠다며 웃었다. 펼쳐놓은 노트도 덮었다. 그녀는 웃지 않았다. 인터뷰할 때보다 오히려 더 진지해 보여서 나를 긴장시켰다.

나는 한국인의 피가 흐르는 이민 3세, 미국 사람이에요.

그녀의 입에서 흘러나오는 어떤 말도 고려해서 들어달라는 말이었다. 결국 '미국 사람'의 관점에서 말할 거라는 선언 같았다. 누군가 내게 묻는다면 아마 '미국에 사는 한국 사람'이라고 말했을 것이다. 둘 다 모호한 대답이기는 했다. 그녀는 깍지 낀 두 손으로 턱을 괴었다.

남겨진 사람들에 대해 오래 생각했어요. 나와 함께 이 야만적인 세상을 견뎌야 할 사람들이 그들이니까요.

그녀의 양미간에 깊은 그늘이 드리워졌다. 나는 말없이 그녀의 말에 귀 기울였다.

남겨진 사람들은 고통을 견디는 한편 복수심을 안고 살아갈 수도 있겠죠. 희생자의 가족들, 친구들…… . 그리고 그 청년의 부모와 누나. 누나가 희생자 가족들에게 사과하고 또 사과하더군요. 당사자가 죽었다면 유족이라도 사과를 해야겠지요. 피해자들과 그의 가족들을 조금이라도 위로할 수 있다면요. 그런데 가해자의 혈육이라는 이유로 평생 죄인처럼 살아갈 그녀의 삶은 누가 어떻게 위로해줄까요. 우리는 누구를 원망해야 할까요? 고통이라는 단어 앞에는 우열이 없어요. 자식의 갑작스러운 죽음에 백발이 되고 치아가 흔들렸다고 말하는 피해자 부모의 말도 과장이 아니에요. 상상할 수 없는 고통일 거예요. 솔직히 나는 그 어떤 말도 자신 있게 뱉을 수 없어요. 내가 경험해보지 않은 고통에 대해 말한다는 자체가 불경스럽게 느껴지고 한편 두려워요. 그렇다고 침묵하고 싶지도 않아요. 내 안에서 치밀어 오르는 감정들을 뭐라고 불러야 할까요. 슬픔이고 분노이면서 안타까운 이 심정을. 고통을 함께 느끼려고 할 뿐이죠. 이 말도 가식처럼 느껴지네요. 일어나면 안 될 일이 일어났어요. 끔찍한 악몽이었어요.

식은 레몬차가 입술을 적시며 목으로 넘어갔다. 향은 옅어졌고 시린 맛은 여전히 혀뿌리를 건드렸다. 의식의 한 부분이 통증을 느끼는 것처럼 자꾸 침이 고였다.

근데 왜⋯⋯.

J작가는 정작 하고 싶은 말을 꺼내려는 듯 입술을 만지작거렸다.

왜 모든 뉴스에서 그 청년을 South Korean이라고 자꾸 강조하죠? 국적을 언급할 필요가 있나요? 혐오성 분류지요. 한 개인으로 인해 전체를 부정적으로 바라보게 하잖아요. 패스포트에 표기된 국가명이 한 개인의 행동에 대해 얼마나 책임져야 하죠? 과연 그 개인이 속한 사회 전체를 대변해줄 수 있는 정보인가요? 그 청년은 영주권자 신분이라고 하더군요, 그러니 국적은 한국이 맞겠죠. 그런데 정말 한국, 한국인일까요? 어떤 면에서는 더 미국적이라고도 할 수 있는 그 청년은 어디에 속하는 개인일까요? 그 청년은 정당하게 미국으로 왔고, 정식 영주권을 취득했고, 초중고를 미국에서 다녔고 대학에서도 영문학을 전공하는, 어쩌면 미국 사람보다 더 미국적일 수도 있는 사람으로 성장했어요. 오히려 그게 아이러니가 될 수 있겠죠. 이민자들의 성공담은 당연하게 자국의 업적으로 흡수되고 부정적인 일을 저지르면 꼭 출신 국가, 특정 민족을 거론하며 분류하는 게 현실이죠. 한국도 예외가 아니에요. 똑똑하고 잘난 자식만 가족으로 인정하겠다는 말과 뭐가 다르죠?

온화했던 그녀의 모습은 온데간데없이 사라진 목소리였다. 이민자의 정서가 그녀에게 여전히 남아 있는 것만 같았다. 그 이유 때문이었을까. 나는 그녀에게 요 며칠 몹시 불안한 날들을 보내고 있다고 말했다. 그녀가 의자에 몸을 깊숙이 밀어넣으며 왜 그러느냐고 물었다. 나는 잠시 머뭇거리다 노아의 얘기를 조금 꺼냈다. 숨죽였던 감정들이 내 안에서 아우성치는 것만 같았다. 무거운 마음을 어디에라도 부려놓지 않으면 짓눌릴 것만 같다고. 인생을 오래 산 사람의 말을 듣고 싶다고. 이 혼돈의 시기를 어떻게 건너가야 하는지 당신은 아느냐고. 내게 어떤 말이라도 해달라고 매달리고 있었다.

그녀는 심각한 표정으로 내 말을 들었다. 내게 양해를 구하더니 가끔 피운다는 담배를 집어 들고 일어섰다. 강퍅해 보이는 그녀의 야윈 등과 질끈 동여맨 반백의 머리 위로 담배 연기가 길게 이어졌다.

미셸, 당신이 그 어떤 이야기를 노아에게 들었어도 내게는 다 말 못 했을 거예요. 옮기는 자체가 또 한 번 폭력에 노출될 수밖에 없다는 걸 당신은 이미 아니까요. 당신의 말을 듣는 내내 나는 오직 한 가지 생각에만 몰두했어요. 전해 듣는 것만으로도 이렇게 힘든데, 노아가 다 꺼내놓지 못한 이야기는 얼마나 파괴적이었을까. 노아도, 노아 옆에 있는 당신도 걱정돼요.

J작가는 통나무집에서 노아와 며칠 쉬는 건 어떠냐는 제안도 했다. 나는 고맙다며 생각해보겠다고 대답했다.

우리는 오랜 여행에 지친 사람처럼 말없이 앉아 있었다. 세상에 없는 답을 구하러 온 사람들 같았다. 축복처럼 예언처럼 쏟아질 한마디를 기다리던 순간이 가장 희망적이었다. 나는 가방을 챙기며 일어섰다. 그녀는 주방에서 레몬청이 가득 담긴 병 하나를 들고 왔다. 나는 감사한 마음을 담아 그녀와 작별의 포옹을 나누었다.

인터뷰 원고 정리를 끝내고 사무실을 나왔다. 눈은 빠질 듯하고 어깨 한쪽은 얼얼했지만, 의식은 명료한 이상한 밤이었다. 시계를 보니 어느새 밤 10시에 접어들고 있었다. 나는 빠른 속도로 페달을 밟으며 집으로 향했다.

거실 전등 스위치를 켰다. 실내가 깔끔하게 정리되어 있었다. 소파에 있는 쿠션들은 각을 맞춘 듯 보였고 싱크대 안에 쌓여 있던 접시들은 반듯하게 정리되어 있었다. 프리지어 꽃향기가 희미하게 코끝에 닿았다. 뭐에 붙들린 듯 그 자리에 우뚝 멈췄다. 불길한 기운이 정수리에서부터 발가락 끝까지 맹렬한 속도로 내리꽂혔다.

노아! J작가가 사인한 책 가져왔어.

나는 계단을 두 개씩 밟고 2층으로 올라갔다. 발을 뗄 때마다 불안의 검은 손아귀가 발목을 잡아채는 것만 같았다. 오후에 보낸 문자에도 노아는 답이 없었고 전화기는 꺼져 있었다. 박동 소리가 들릴 만큼 심장이 요동쳤다.

창고와 차고까지 다 뒤졌다.

빈집이었다.

현관 신발장 위에 동그마니 남겨진 그의 전화기를 본 순간 두 다리가 휘청했다.

에디는 전화를 받지 않았다.

둘이 만나는 걸까. 둘이 아무리 친하다고 해도 이 시간에? 전화도 안 받을 만큼? 나는 고개를 저었다. 다른 주에 사는 친구들을 떠올렸다. 그들의 전화번호는 없다. 집에서 멀지 않은 곳에 사는 노아의 대학 동기의 번호는 내게 있었다. 통화 버튼을 눌렀다. 다급한 내 목소리에 상대가 놀란 듯했다. 서너 달간 노아와 통화한 적도 없다는 말을 듣고 다시 연락하겠다며 끊었다.

차 열쇠를 움켜쥔 손이 떨렸다. 내가 상상할 수 있는 모든 불행한 이야기들이 그림자처럼 들러붙었다. 나는 고개를 저었다.

나는 그를 신뢰한다. 신뢰한다! 신뢰가 구원이다. 구원이다!

불안할수록 목소리가 커졌다. 노아는 불행에 불행을 안겨줄 만큼 어리석은 사람이 결코 아니라고. 인간을 신뢰해도 좋다는 믿음을 내게 준 사람이라고. 절대 의심하지 않겠다고 다짐했다.

같이 다니던 마트와 커피숍과 식당과 바를 밤새 뒤졌다.

새벽까지 기다렸다.

그는 돌아오지 않았다.

2007년 4월 20일

아무 일도 일어나지 않았다.

그의 소식을 묻는 전화가 몇 차례 걸려 왔다. 실종 담당 경찰관이 다녀갔고 에디가 낮은 목소리로 여러 번 전화했다.

아직?

아직.

우리는 똑같은 질문과 답을 주고받고 침묵했다.

어떻게 노아가 나에게 이럴 수 있어?

노아의 가장 친한 친구이자 대학 동창인 에디에게 따지듯 물었다. 그래야 숨 쉴 것 같았다.

간헐적으로 찾아오는 졸음이 집요하게 나를 끌어당겼다.

벨벳처럼 짙고 검은 그림자가 나를 보며 팔을 벌린다. 내 품으로 들어오면 평화가 있을 거야. 이곳은 어두워서 아무것도 보이지 않아. 속삭이는 목소리가 달콤했다. 거부해야 하는데, 뿌리쳐야 하는데 걸어 들어가고 있다. 헉, 소리와 함께 겨우 눈을 떴다.

노아의 핸드폰 전원 버튼을 켰다.

적어도 내가 한 번쯤 이름을 들어본 사람의 전화번호를 발견할 때마다 통화 버튼을 눌렀다. 원하던 대답은 없었다. 그들은 오히려 내게 노아의 안부를 물었다. 불안감이 조금씩 서운함으로, 서운함이 조금씩 분노로, 분노가 절망으로 순서를 바꿔가며 나를 흔들었다. 노아에게 내가 겨우 이런 존재였다니. 모든 감정이 순식간에 슬픔으로 바뀌며 내게 달려들었다.

'마마&파파'로 저장된 번호에서는 오래 망설이다 통화 버튼을 눌렀다. 남부 지방 특유의 억양이 거칠게 튀어나왔다. 술에 취한 목소리가 내게 누구냐고 물었다. 나는 노아와 함께 사는 여자친구라고 말했다.

그래요?

흥미롭다는 듯 그의 목소리 끝이 올라갔다.

부모님은 양로원에 계시죠. 그곳이 안전하고 좋죠. 노아를 찾는다고요?

그가 껄껄 웃었다. 낄낄거렸다. 큭큭 소리로 들렸다. 비웃음이라는 사실은 변하지 않았다.

고등학교 졸업 후 집 떠나 크리스마스 카드나 보내는 놈인데, 아, 용돈도 가끔 보내던가? 아무튼, 우리 부모랑 연락은 하고 지낸다고 하던데. 두 번째 양부모에게 무슨 애정이 있을까마는. 근데 걔가 왜 여길 오겠습니까?

당신, 헨리죠?

내 목소리는 그 어느 때보다 침착했다. 노아의 영혼을 짓뭉개버린 헨리를 내가 잊을 리 없다. 가끔 그의 목소리를 상상했었다. 수화기 너머의 목소리와 크게 다르지 않은 것만 같아서 소름 끼쳤다. 노아에게 들었던 많은 이야기 가운데 늘 그가 있었다. 금속성 소음에 민감한 노아를 세상에서 가장 재밌는 게임처럼 갖고 놀았던. 그는 부모가 늦게 귀가하는 날이면 노아를 방에 가두고 문을 잠갔다. 꽹과리와 징이 쨍쨍 울리는 높고 날카로운 음악을 틀어놓고 노아가 발광하는 모습을 즐겼다.

그런 악마가 수화기 너머에 있다니. 나는 전율하듯 살기를 느끼며 마른침을 삼켰다.

오, 노아가 내 얘기도? 허허. 영광인데. 그래, 나를 어떻게 당신에게 소개했나요?

나는 눈을 감고 천천히 호흡을 가다듬었다. 헨리가 바로 내 앞에 있었다면 무슨 짓을 저질렀을지 장담할 수 없을 정도로 분노가 치밀었다.

언제든 노아에게 사과하세요.

사과요? 아니, 뿌리를 잊지 말라고 제 나라 민속 음악을 밤마다 들려준 내가 무슨 이유로?

헨리도 뭔가 찔리는 모양이었다. 나는 속으로 침착하자고 자신을 타일렀다. 최악의 순간까지 인간의 품위를 잃지 않게 도와달라고 기도했다는 노아의 말을 주문처럼 외웠다.

그 새끼도 누구처럼 여기 총 들고 나타나는 거 아냐? 이거, 점점 재밌게 되네!

그가 또 껄껄 웃었다. 지루한 일상을 단박에 날려버릴 이야깃거리에 몹시 즐거운 듯했다. 쿨럭쿨럭, 껄껄. 기침과 웃음이 같이 터져 나오며 내 귀를 때렸다. 단단한 칼끝이 그의 명치 깊숙한 곳에 닿는 상상을 하며 그의 이름을 불렀다.

헨리, 당신을 이제부터 개새끼라고 부르겠어요.

뭐라고?

시궁창에서 똥과 오물을 먹고 자란 가장 흉측한 동물에게 버림받은 새끼. 개자식. 내가 아는 가장 천박한 단어를 당신에게 선물하지. 영원히 귀에 꽂아드리지. 누군가 당신을 그렇게 부른다는 사실을 평생 잊지 마. 그리고 당신이 모르는 게 하나 있어. 노아는 차라리 자기 손가락을 자르며 고통을 참을지언정 남을 해칠 사람이 결코 아니라는 거.

나는 분명하고 확신에 찬 목소리로 또박또박 말했다.

그 점만은 누구보다 내가 잘 알고 있어. 기억해. 세상에 재밌는 목숨 같은 건 없어. 영원히 구제불능일 개자식!

긴장했던 근육이 파르르 떨려서 손에 쥐고 있던 전화기를 그대로 놓쳤다. 나는 침대 위로 쓰러지듯 누웠다. 오랫동안 진저리치다 깜박 잠이 들었다.

늦은 오후, 담당 경찰관에게서 전화가 걸려 왔다.

모든 게 내 말 때문인 것 같았다.

노아가 문밖에서 헨리와의 통화를 엿듣기라도 했던 걸까.

내 말이 저주가 된 것이라면, 그래서 노아가 그런 결정을 내렸다면, 나는 나를 용서하지 못할 것이다.

2007년 4월 21일

에디가 알려주었다.

노아는 잠자는 듯 평온해 보였다고. 몸에 그 어떤 상처도 없었다고. 소음 방지 실리콘 귀마개를 평소처럼 끼고 있었다고.

*

'6일의 시간'을 일기처럼 쓰고 마침표를 찍었을 때, 등 뒤로 흘러간 긴 시간이 믿기지 않는다.

어느 날 아침 눈을 떴을 때 마음의 물기가 조금씩 잦아드는 걸 느꼈다. 지독하게 붙어 있던 어두운 그림자가 내게 작별을 고하듯 천천히 멀어져가는 것도 같았다. 심리치료사의 두 번째 제안에 대해 긍정적으로 검토해보고 싶은 충동이 일었다.

노아와 내가 계획만 세우고 함께 가지 못한 곳이 있느냐고 심리치료사가 먼저 물었다.

한국이죠.

나는 먼 곳에 두고 온 오래된 물건을 떠올리는 사람처럼 말했다. 내 유년의 벗, 현진이 사는 곳이기도 했다.

*

총소리가 들린다.

들린다고 생각한다.

그 소리를 지우려고 애쓰지 않는다.

폭력의 기억은 지문처럼 지워지지 않을 거라는 걸 나는 몸으로 배웠다.

남자아이 – 1

에디였다.

나이에 걸맞지 않은 구부정한 어깨와 반소매 셔츠 사이로 보이는 익숙한 타투를 나는 금방 알아보았다. 현진이 부탁한 커피를 사려고 마트에 있는 커피 진열대 앞을 서성거리던 참이었다. 에디는 나와 등지고 허브차가 진열된 선반을 기웃거리고 있었다.

"에디?"

에디는 나를 알아보고 물건을 떨어트릴 만큼 놀란 표정을 지으며 입을 벌렸다. 그의 행동이 이상할 게 없었다. 우리는 노아가 떠난 후 오랫동안 소식도 전하지 않은 채 지내고 있었다. 그게 서로를 위하는 거라고 믿었을 거였다. 에디는 그사이 마트

근처에 있는 종합병원으로 직장을 옮겼으며, 내가 이 근처로 이사한 줄은 꿈에도 몰랐다며 나를 반겼다.

우리는 물건들을 그대로 진열장에 내려놓고 마트 입구에 있는 카페로 갔다.

월요일 늦은 오전의 마트처럼 카페에도 손님이 거의 없었다. 머리를 뒤로 질끈 묶은 젊은 여자가 느리게 주문을 받았다. 에디는 커피를 들고 내 앞에 마주 앉았다. 나와 마주친 게 여전히 믿기지 않는다며 고개를 저었다. 누가 먼저라 할 것 없이 잠시 눈시울이 붉어졌다. 서로의 모습에서 노아를 떠올렸을 터였다.

나는 에디에게 두 볼이 핑크빛으로 보일 만큼 건강해 보인다고 말했다.

"핑크빛?"

에디가 예의 그 환한 웃음을 지었다. 린의 소식을 내가 물었을 때, 둘은 작은 성당에서 가족들만 모여 스몰 웨딩을 올렸다고 했다. 결혼 전 이미 딸아이를 둔 그들에게는 몹시 자연스러운 일이기도 했다. 나를 초대할까 오래 생각하다 연락하지 않았다고 에디가 말했다. 그 마음이 이해되어서 고개를 끄덕였다. 에디가 폰에 저장된 사진들을 보여주었고, 나는 린의 배가 눈에 띄게 부른 사진을 보고 둘째를 임신했냐고 물었다.

"벌써 태어났어. 아들. 두 살."

에디는 자신도 믿기지 않는다며 어느새 앞머리가 조금 벗어지기 시작한 이마를 쓸어올렸다. 아들의 사진을 보여주는 모습이 행복해 보였다. 나는 진심을 담아 축하의 말을 전했다. 평온한 일상을 끌고 가는 사람들이 여전히 많다는 사실이 새삼스러웠다. 린에게도 축하의 말을 전해달라고 당부했다.

커피는 반쯤 남았고 에디의 새로운 직장 얘기도 거의 끝나갔다. 이제 나의 얘기를 들려줄 차례인가? 그런 생각이 들었을 때, 나는 이번 가을을 한국에서 보낼 거라고 말했다. 과일과 곡식이 익어가는 계절이며 하늘은 더할 나위 없이 높고 푸르다고. 그곳에 나를 기다리는 유년의 친구도 있다고.

에디가 제 일처럼 기뻐했다.

"괜찮아진 거지?"

에디가 조심스럽게 물었다. 가끔 내 소식을 들었다고도 했다.

"어떤 부분은."

에디는 내 대답을 곱씹어보는 표정을 짓더니 고개를 끄덕였다. 마트 직원처럼 보이는 중년의 여자 네 명이 손에 테이크아웃 커피를 들고 우리가 앉은 테이블 앞을 천천히 지나갔다. 여자들의 쾌활한 웃음소리가 잠시 가라앉으려던 우리를 일으키고 문밖으로 사라졌다.

"여행을 앞둔 사람에게 내가 이런 말을 해도 될지 모르겠지만."

"노아에 관한 말이야?"

여유로운 목소리로 내가 물었다. 둘이 만났는데 노아에 관한 얘기가 없다면 그게 더 이상한 일이었다. 이젠 그 어떤 말을 들어도 괜찮다고 내가 덧붙였다. 의연한 모습을 보이고 싶은 마음도 있었다.

"사실 나도 이민자야."

전형적인 백인 외모에 네이티브 스피커 에디의 입에서 튀어나온 말이라니. 한순간에 긴장감이 사라졌다.

"자기 조상이 이민자 아닌 사람이 어디 있어, 미국에. 그 말이야?"

"아니, 내가 이민 1세라고."

나는 조금 굳은 표정으로 에디를 바라보았다.

"무슨 말이야?"

"린이 미국인이고 나는 캐나다인이야. 유학 왔다가 눌러앉았어. 린과 결혼한 후에야 미국 시민권 취득했다고."

허를 찔린 기분이었다. 유색인종. 영어가 서툰 사람. 내게 이민자란 그런 이미지였다는 게 와락 부끄러웠다.

"노아에게 내가 이민자라고 고백했더니 지금의 너처럼 반응하더라. 농담하지 마, 나를 위한 배려로 한 말이라면 노 땡큐, 이러면서. 자기는 이민자 콤플렉스 같은 거 없다고. 그따위는 아무것도 아니라고. 그리고 내가 묻지도 않았는데 스스로 자신은 파양도 겪은 입양아라고 털어놓았어."

나도 알고 있는 얘기라고 말했다.

"입양아가 뭐 어때서? 그런 맘도 들었지만, 속으로 좀 놀라긴 했어. 미국 사회에서 동양인에 입양아? 이중고잖아. 노아를 만나기 전까지, 사실 나는 결핍이나 소외 같은 감정들에 대해 몰라도 사는 데 큰 지장이 없는 부류의 사람이었어. 그런데⋯⋯."

나는 에디의 다음 말을 기다렸다.

"그 긴 세월 노아와 깊이 교감하며 지냈다고 생각했는데, 나만의 생각이었던 것 같아. 노아가 그렇게 가고, 과연 한 인간에 대해 우리가 얼마나 알아야 안다고 말할 수 있는 걸까 오래 생각했어. 노아와 함께 보낸 시간은 과연 뭐였을까. 나는 그에게 어떤 존재였을까. 미셸은 나보다 더 그런 심정이었겠지만."

에디는 노아의 마지막 결정에 대해 참을 수 없는 분노를 오래 느꼈다고 말했다. 나는 그의 말에 고개를 끄덕이며, 나도 그랬어, 작게 속삭였다. 그리고 우리는 잠시 침묵했다. 그런 감정이 지나간 뒤에 슬픔이 고였다는 말은 서로 하지 않았다.

"서로를 완전히 알지 못하고 헤어지는 것. 우리 인간들의 한계일지도 몰라. 어쩌면 각자의 고유함이고. 어떤 고유함은 함부로 누가 끼어들 여지가 없는 절대적인 것일 수도 있잖아. 가장 가까운 사람이라도 함께할 수 없는 부분이 있는 것처럼."

변명하듯 내가 말했다. 마음도 몸도 지친 상태로 지냈던 날들이 떠오르자 깊은 피로감이 밀려왔다.

"노아가 마지막 출근하고 며칠 뒤…….."

에디는 토해내듯 숨을 뱉었다. 나는 마른침을 삼켰다.

"조사 나온 경찰과 진통제 투약 기록과 재고량 파일을 점검하다 치사량의 마약성 진통제가 사라졌다는 걸 알게 되었어. 중환자실 진통제 투약은 나와 노아 담당이었잖아."

나는 아랫입술을 지그시 깨물며 에디의 다음 말을 기다렸다. 투명하고 가느다란 주사기가 빠르게 스쳤다. 막연히 예상했던 일이기도 했다. 아니길 바랐을 뿐. 병원에서 노아가 하는 업무에 대해서 알고 있다. 말기 암 환자에게 강력한 진통제를 투여하는 일이 그 가운데 하나라는 것도. 고통으로 일그러진 환자들이 주사 한 대에 평안히 잠든 모습을 노아는 여러 번 봤을 것이다. 미간에 모였던 굵은 주름들이 서서히 이완되며 입가와 눈가에 침과 눈물이 흘러내리다 꾸덕꾸덕 말라가는 모습들을. 모든 고통과 이별하는 그 황홀한 순간을 어떻게 외면할 수 있을까.

에디가 커피 잔을 두 손으로 감싸며 침묵했다.

"어떤 불행은 우연의 산물일 수도 있다는 생각을 하게 되었어."

나는 그의 말을 이해할 수 없어서 고개를 들었다.

"어쩌면 노아는, 그냥 긴 휴식을 원했는데, 정말 우연히, 우연히 죽음으로 이어졌을 수도 있었겠구나, 그런 생각이 들었어. 그리고 시간이 흐를수록 노아가 고통 없이 갔을 거라는 사실이

위안이 되었어. 미셸이 나를 도덕적으로 비난해도 좋아."

나는 갑자기 북받치는 감정을 억누르지 못하고 의자에서 벌떡 일어섰다. 꾹꾹 눌러왔던 감정이 둑이 터지듯 나를 몰아세웠다. 테이블 옆에 앉아 있던 노부부가 놀란 듯 나를 쳐다보았다.

"노아는 고통 없이 갔겠지. 그럼 된 건가? 우리는? 남겨진 우리는?"

나는 두 손으로 얼굴을 쓸어내리며 다시 의자에 앉았다.

"내게 전하는 위로의 말이라는 거 알아, 그렇지만 잠시라도 나와 함께 분노해줘. 그게 위로야."

에디는 식은 커피 잔을 만지작거리며 두 눈을 씀벅거렸다. 그만 일어나자고 내가 말했다. 에디는 대답이 없었다. 더 할 말이 있는 듯했다.

"노아가 예전에……."

에디의 입에서 또 무슨 말이 흘러나올지 몰라 긴장되었다.

"미국에 처음 입국한 날의 입국 기록을 열람해봤대."

처음 듣는 얘기였다.

"기록에 뭐라고 적혀 있대? 부모 이름은? 한국 이름도 있어? 출생지는? 기억해?"

두서없는 질문들이 내 입에서 쏟아졌다.

"노아에게 단 한 번 들었는데 거의 다 기억해."

"그게 무슨 뜻이야?"

"내용이 거의 없는 기록이니까."

나는 에디의 말을 금방 이해할 수 없었다.

"이름 대신 한글과 영어로 '남자아이(Boy)-1', 영문 이름은 'Noah'로 표기되어 있었대."

"남자아이-1이라니?"

나는 귀를 의심했다. 이름이 없다는 말처럼 들렸다.

"그 당시 미국으로 함께 건너온 아이들이 여럿이었던 것 같대. 남자아이-2도 있었을 거고, 여자아이-1, 2, 3……. 남자아이-1은 아마도 그중에 제일 나이가 어렸다는 의미가 아니었을까? 이건 그냥 내 짐작이야."

"노아라는 이름은 누가 지어준 거야?"

나는 더 이상 충격적인 사실을 감당하기 어려웠지만 짜내듯 간신히 물었다. 에디가 기다리고 있던 질문이라는 듯 바로 답했다.

"노아가 알아보고 추측한 결과, 한국에서 노아를 데리고 미국행 비행기를 탄, 한국 출신 여자 유학생일 확률이 가장 높을 것 같대. 그 당시 비행기 삯이 비싸니까, 한국에서 미국에 건너오는 유학생들이 더러 그런 역할을 했대."

남자아이-1. 노아의 또 다른 이름이 이제야 내게 왔다는 사실에 나는 아연했다. 갑자기 결정한 한국행에 품고 가야 할 숙제를 받아 든 기분이었다.

에디가 호주머니에서 전화를 꺼냈다. 린에게 걸려온 전화였

다. 나와 만나고 있다는 사실에 린이 놀라는 듯했다. 에디가 눈
짓으로 통화할래? 내게 물었다. 나는 다음에 전화하겠다고 했
다. 에디가 전화를 끊었을 때 그만 일어나자고 내가 말했다.

에디는 아이를 픽업해야 한다며, 곧장 주차장으로 가겠다고
했다. 나는 다시 마트로 가서 커피를 살 계획이었다. 에디는 헤
어지는 것이 몹시 서운한 듯 보였다. 나는 주차장으로 가는 엘
리베이터 앞까지 에디를 배웅했다.

"린과 함께 캐나다에 가서 살려고 해. 천천히 그곳으로 이사
하기로 했어. 이제 린이 이민자의 삶을 살아보겠다네. 농담처럼
했던 말을 이제야 실천하게 됐어."

오래전에 얼핏 들었던 얘기였다. 멋진 결정이라고 내가 말했
다. 둘이 함께 무언가를 실천하는 일이 아름답게 느껴진다고.
어쩌면 그런 것들이, 같이 한 방향을 바라보며 걷는 일이 내가
노아와 꿈꿨던 '미래'였을지도 모른다고.

엘리베이터 문이 열리자 에디가 멈칫하며 뒤돌아섰다.

"나, 그거 아직 갖고 있어……."

에디가 엘리베이터 안으로 들어가며 말했다. 나는 그의 말을
바로 이해하지 못했다.

"노아의 실리콘 귀마개."

"그만 버려……."

"그래, 미셸. 한국 잘 다녀와. 꼭 연락……."

에디의 말이 채 끝나기도 전에 엘리베이터 문이 닫혔다. 나는 닫힌 문 앞에 잠시 서 있다 돌아섰다. 완성된 작별 인사 따위는 없을 거라고 속으로 중얼거리며 마트로 향했다.

동그라미 찾기

보안 검색대와 입국 심사대를 빠져나오자 드디어 한국에 도착했다는 게 실감 났다. 트렁크를 끌고 입국장 출구로 향했다. 현진이 정말 나왔을까. 출국하기 전에 서로 통화했는데도 불구하고 이 모든 게 비현실적으로 느껴졌다.

입국장 출구 유리문이 양쪽으로 활짝 열렸다. 사람들의 시선이 일제히 내게 쏠리다 바로 흩어진다. 기다렸던 사람의 얼굴이 아님을 확인하는 데 걸리는 시간은 언제나 기다림보다 짧다.

비슷비슷한 체형에 검은 머리를 가진 사람들.

이토록 많은 한국 사람들이라니.

나는 대단한 광경이라도 본 사람처럼 두리번거린다. 대학 다닐 때 '모국 방문' 프로그램으로 한국에 일주일 다녀간 후 거의 20년 만의 재방문이다. 트렁크를 한쪽 구석에 세워놓고 현진이 보낸 메시지와 사진을 다시 확인한다.

　─게이트 앞은 복잡하니까, 왼쪽으로 나와서 약 75m 직진. 꽃집(사진 첨부했음) 앞에서 기다릴게.

　나는 주위를 두리번거리며 꽃집을 향해 걸었다.

　대형 TV 앞에 모여 앉은 사람들. 한국어 발음이 정확한 앵커의 목소리. 이어지는 라면 광고. 귀엽고 발랄한 고음의 여자 목소리. 어느 연인의 짧은 포옹. 소음처럼 윙윙거리는 아이의 울음소리. 다른 언어들, 나와 비슷비슷하게 생긴 서로 다른 얼굴들. 꽃집 앞을 지나가는 대여섯 명의 여자들. 현진을 바로 알아볼 수 있을까. 모두 현진이면서 모두 아니다. 출국 전에 서로 몇 번의 이메일을 주고받았고 사진도 몇 장 교환했지만, 25년 만에 만나는 현진을 바로 알아볼 자신은 없다.

　청치마를 입은 여자가 빠르게 나를 앞질러 걷는다. 현진인가? 아니다. 걸음을 멈추고 핸드폰 액정을 들여다보며 꽃집 이름을 다시 확인한다.

　"은영?"

　나는 화들짝 놀라 뒤돌아섰다.

　"뒷모습 보니 딱, 너더라!"

　순간 이동이라도 한 기분이었다. 사진으로 보았던, '나이 든'

현진의 얼굴이 눈앞에 있다는 사실이 믿기지 않아서 두 손으로 입을 가렸다. 어제 헤어졌다가 오늘 다시 만난 사람들처럼 우리는 자연스럽게 서로를 얼싸안았다.

"내가 지금 널 픽업하러 공항에 온 거 맞지? 이건 정말 말도 안 되는 사건이야!"

현진이 깔깔거리며 고개를 흔들었다.

무조건 현진이네 가 있어라. 오랫동안 안 만나서 어색해요. 소꿉친군데 뭐가 어색해? 현진 엄마랑 나랑은 가끔 서로 연락하고 지냈어. 요즘에야 뜸했지. 현진이 소식도 드문드문 들었다. 혼자 사나 보더라. 고모네 집도 싫다며? 거긴 불편해요. 지금껏 소식도 없이 지내다 어떻게 불쑥 가요? 이것저것 얼마나 많이 물을까. 생각만 해도 싫어요. 현진네로 간다면 안심이지만, 다른 데는 내가 맘이 편치 않다. 다 큰 딸이 제가 알아서 한다는 데 내가 막을 수는 없겠지만, 아무튼 현진네로 갔으면 한다. 세상 무섭더라. 한국도 이제 예전의 한국이 아닌 것 같더라. 나이 들수록 세상이 더 무서워진다. 어떻게 인간들이 그렇게 잔혹할 수 있는지. 오래 살수록 더 무서운 세상을 만난다더니. 그 말이 틀리지 않은 것 같구나.

엄마가 알려준 현진의 전화번호를 입력했다. 카톡 창에 현진의 프로필이 '새로운 친구'로 떴다. 개, 하늘, 꽃, 커피 그리고 그릇과 오래된 가구들 사진이 왠지 낯설었다. 내가 알던 현진의 취향은 아닌 것 같았다. 파편적인 기억 속에서 현진은 진지하고 과묵하고, 또래 아이들보다 성숙한 이미지로 남아 있었다.

잘 웃지 않던 어른스러운 아이.

현진에게 어울리는 한 문장이었다.

"중학교 3학년, 겨울방학이었지?"

"봄방학 아니었어?"

"아무튼, 학년도 바뀌고 계절도 바뀌고 우리 인생도 조금 바뀌던 지점이었어."

"인생?"

나는 중3 시절을 떠올리는 표현치고 너무 '어른 말' 같아서 슬며시 웃었다.

"넌 미국으로 난 이곳에서. 갈라진 지점에서 그렇게 인생이 시작된 거라고나 할까."

현진의 표정이 꽤 진지해 보여서 농담처럼 들리지 않았다. 오래전에 헤어졌다 만났다는 사실은 변하지 않았다. 한 사람은 춥고 삭막한 계절을, 다른 한 사람은 생명이 움트는 계절을 떠올렸다는 게 이상할 뿐이었다.

"너, 그때 인천공항에서 출국했을 때…… 배웅 못 해서 미안했어."

"김포공항이었어. 그때 인천공항 없었어."

"진짜 그러네! 정말 오랜만에 만난 거구나, 우리."

현진의 명랑한 목소리가 어색한 공기를 밀어냈다.

가족과 함께 떠났던 한국에 혼자 오다니.

나는 낯설고도 익숙한 차창 밖 풍광을 바라보았다. 영종대교를 벗어난 차가 시원하게 달리고 있었다. 현진은 말없이 앞만 바라보며 운전대를 잡고 있었다. 서쪽 하늘 끝이 점점 더 붉은 빛을 띠었다. 내가 출발한 곳에서 내일 아침 햇살로 떠오를 빛이었다. 왼쪽은 한강이 굽이치고 강변 너머 빌딩들은 크리스마스 장식처럼 하나둘 불을 밝혔다. 함께 오자고 했던 노아의 말은 끝내 지키지 못한 약속이 되었다.

돌아갈 때 마음을 미리 걱정하지 말자.

나는 타이르듯 속으로 중얼거렸다.

"그때 너, 모국 방문 왔을 때."

"네게 두 번인가 전화했었어. 번호도 남기고."

"나도 네 숙소로 전화했었어, 서로 연락이 안 닿았지."

"어긋난 거지."

내 말에 현진이 고개를 끄덕인다.

"작지만 편안한 빌라야. 우리 같이 머물 곳."

"빌라?"

수영장과 스파가 있고 넓은 정원에 경비원들이 있는 고급 주택단지가 떠올랐다. 현진의 오래된 차를 보면 그런 곳에 살 만큼의 여유가 느껴지지 않았다. 따로 빌렸다는 말인가. 궁금했다.

"아, 연립주택! 그때는 그렇게 불렀지, 맞다! 맞아!"

현진은 자신이 부적절한 단어를 썼다는 걸 바로 알아차린 모양이다.

"아하!"

그제야 나도 고개를 끄덕인다. 내가 한국을 떠날 무렵 우후죽순처럼 들어서던 연립주택을 잊을 리 없다.

"인간들의 삶은 더 구차해졌는데 단어들만 고급스러워졌네, 젠장."

현진의 말투가 재밌어서 나는 까르르 웃었다.

"아무튼, 화장실은 하나고. 방은 셋. 재개발 지역이라 좀 낡았어. 집주인은 어디 사는지 모르지만, 제법 싸게 얻었어. 언제 짐 싸야 할지 모르는 상황이긴 한데, 그런 말은 거의 10년 전부터 나왔으니 네가 있는 동안 별일은 없을 거야. 별일 있어도 나쁘지 않겠다. 네가 이사 도와주면 되니까."

현진이 또 기분 좋게 웃는다.

"네 집처럼 편히 지내. 근처에 마켓도 있고, 공원도 있고, 이웃들도 괜찮고, 빈집이 더러 있지만, 무섭지 않고 전철역도 가까워."

현진이 이렇게 말이 많은 친구였다니. 나는 속으로 계속 놀랐다. 서로의 삶을 다 짐작할 수 없을 만큼 많은 시간이 등 뒤로 흘러간 것이다.

정체가 시작된 듯 차가 느려졌다. 차창 밖 풍경도 천천히 바뀌기 시작했다. 눈꺼풀이 무겁게 느껴진다. 고개 드는 속도도 점점 느려진다. 현진이 뭐라고 중얼거린다. 현진의 목소리가 멀어졌다 가까워진다. 떠나온 곳은 새벽 5시가 넘었을까. 꼬박 하루를 뜬눈으로 지냈다. 아니 이틀이었나. 현진의 차에서 한국 노래가 흘러나온다. 한 번도 들어본 적 없는 노래. 한국 노래를 들으며 친구가 운전하는 차를 타고 한강변을 지나고 있다니. 꿈이 아니기를. 잠결에도 나는 빙긋이 웃었을 것이다.

"은영아……."

누구의 목소리지? 아, 현진……. 친구의 목소리가 나를 깨우는구나. 이토록 달콤한 순간이라니. 차가 멈추지 않았으면. 이대로 계속 달리면 우리는 어디에 닿을까.

"은영아……."

현진이 내 어깨를 살며시 그러쥔다. 나는 무거운 눈꺼풀을 겨우 밀어 올리며 눈을 뜬다. 차는 어느새 좁은 골목길로 들어서고 있었다. 층 낮은 건물들과 작은 가게들. 겨우 주차된 차들과 한곳에 쌓아둔 폐지와 터질 듯 부풀어 오른 쓰레기봉투들. 시간여행이라도 온 것일까. 한국을 떠나던 그때로 되돌아온 것만 같다. 나는 놀라 눈을 부릅뜨고 두리번거렸다. 노인 두 명이 유모

차를 끌고 차 곁을 천천히 지나며 우리를 힐끗 쳐다본다. 한 유모차에는 개가, 다른 한 유모차에는 폐지가 수북이 쌓여 있다.

우리는 골목 어귀에 주차하고 차에서 내렸다. 현진이 가파른 계단 끝을 가리킨다. 일렬로 늘어선 계단 주위에 집들이 보인다.

"가방은 네가 들고 트렁크는 내가."

현진이 트렁크를 끌고 앞서 걸었다.

3층 빌라 건물을 현진이 가리킨다. 저기야. 멀쩡해 보이는데, 저런 걸 왜 부숴? 재개발한다는 말을 들었던 기억이 나서 물었다. 저 집만 부수는 게 아니고, 이곳 전체를 바꾼대. 더 좋게? 아마도. 더 높고 고급지게. 그럼 너도 뭐 좋아지는 거야? 세입자랑은 상관없어. 나는 현진의 대답에 그건 참 알 수 없는 셈법이라고 생각하며 고개를 갸우뚱한다.

"3층 살아. 미안, 노 엘베."

현진이 건물 현관문을 밀며 말했다.

"응?"

"엘리베이터 없다고."

"아하!"

나는 내 이마를 툭 친다. 줄임말 경보! 현진의 말이 생각났다.

현진은 싱글 침대와 작은 책상이 놓인, 제법 큰 방을 보여주며 내가 머무를 방이라고 했다. 창문을 통해 피아노 건반처럼 길게 이어진 지붕들이 보인다. 층층이 낮아지며 이야기를 품은 듯 웅크리고 있다. 방 안을 둘러본다. 벽지 대신 그림으로 채운 창가 쪽 벽에 시선이 멈춘다. 작은 집과 푸른 하늘, 그 아래 활짝 핀 장미로 뒤덮인 넓은 정원이 있는 풍경. 현진이 자기가 그린 거라고 했다. 나는 놀라움을 숨기지 않으며 미술 전공했구나? 물었는데, 현진은 웃기만 했다.

"언젠가 헐리는 집이라 맘대로 하고 살아도 된대. 완전 내 놀이터야!"

현진이 집 구경을 시켜주겠다며 내 손목을 끌었다. 주방을 지나 거실로 나왔을 때 탄성이 터져 나왔다. 벽에 걸린 여러 종류의 앤티크 벽시계들. 크기와 모양이 제각각이고, 모두 다른 시간에 멈춰 있었다. 작은 빈티지 숍에 온 기분이었다. 창문 아래 습기와 누수로 빛이 바랜 벽지조차 의도적인 장식처럼 보였다.

현진이 작은 사진 액자를 내게 내밀었다.

"너 온다길래, 기념으로 액자에 넣었어."

"이 사진 찍을 때 생각난다! 서오릉이었나?"

그동안 잊고 지낸 것들이 기다렸다는 듯 바로 튀어나오다니. 기억의 힘이 놀라웠다. 정확한 장소는 기억나지 않지만, 죽은 왕이나 왕비의 묘지인 건 확실하다고 현진이 말했다. 말투가 재밌어서 웃음이 나왔다. 현진은 주방과 거실 사이를 가르는 앤티크 찬장 앞으로 나를 데려갔다. 빛바랜 스테인드글라스 장식이 오래된 물건이라는 걸 느끼게 해주었다. 접시와 찻잔들의 문양도 독특했다. 여행 가서 산 거냐고 물었다. 그제야 현진은 서촌에서 작은 앤티크 가게를 하고 있다고 말했다. 놀라움의 연속이었다.

"그러니까 여긴 내 집이고, 작업실이고, 또 창고야."

한 번도 상상해보지 않았던 현진의 모습이었다.

"설마, 네가 직접 수놓은 건 아니겠지?"

깨끗하게 다림질된 테이블보 끝을 매만지며 내가 물었다. 모서리에 붉은 꽃으로 수놓은 자리가 예뻤다.

"그 정도로 내가 참하지는 않지. 중고 시장에서 샀어."

둘이 모닝커피 마시기 좋은 자리라고 내가 말했더니, 언제든 같이 앉아 얘기하기 좋을 자리라고 현진이 덧붙였다.

"평소에는 테이블보 안 깔아. 너 온다고 특별히 준비한 거야!"

현진은 기분이 몹시 좋아 보였다.

"넌 어디서 자?"

아무리 둘러봐도 침실이 하나만 있는 것 같아 내가 물었다.

"저어기."

현진은 거실 한쪽에 어른 키 높이만 한 책꽂이 뒤를 가리켰다. 책꽂이 뒤로 가보니 침대 하나가 놓일 만한 공간이 꾸며져 있다. 창문도 있고 작은 베란다에 세탁기와 싱싱한 화초가 담긴 화분들도 보였다.

"거실 가벽을 텄어. 내가 말했잖아, 놀이터라고. 철거될 때까지 살겠다고 했더니 집주인이 허락하더라."

흡족한 표정으로 현진이 말했다.

내가 화장실에서 나왔을 때 주방에서 분주하게 움직이던 현진이 식탁으로 어서 오라며 손짓했다.

"어떻게 죽을 끓일 생각을 했어?"

따끈하게 데워진 닭죽이 입 안에 머무를 새도 없이 술술 넘어갔다. 그제야 이 집에 들어섰을 때 은은하게 마늘 냄새가 났던 이유를 알 것 같았다.

"죽이 제일 쉬워. 뭐든 넣고 푹푹 끓이면 돼. 모든 게 부드럽게 넘어가라고 만들었어."

축복 같은 음식이었다. 현진이 하나씩 내놓은 정갈한 반찬들을 바라보았다. 나박김치, 소고기 장조림, 탕탕이 낙지젓. 현진은 반찬 이름을 하나씩 내게 불러주었다.

"죽만 만들고, 반찬은 사 온 거야!"

"근사하다. 음식도, 이 공간도."

"네 덕분에 나랑 이 집이 호강한다. 열흘을 쓸고 닦고, 접시에 반찬을 담아 먹는 게 얼마 만인지. 게다가 와인까지! 하하."

와인을 잔에 따르며 현진이 환하게 웃었다. 현진이 이 모든 걸 준비하기 위해 수십 번 끙끙거리며 계단을 오르내렸을 모습이 그려졌다.

"처음엔 너 온다는 말 듣고 조금 놀랐는데, 나랑 같이 며칠 머물러도 되냐고 엄마가 물어봤을 땐 정말 깜짝 놀랐어."

"왜?"

"아니, 그냥. 왜 호텔로 안 가? 미국 교포는 대개 중산층 이상 아닌가? 편견인가? 적어도 엘베도 없는 이런 재개발 빌라에서 머물 것 같지 않아서 거절했었지."

그녀의 비유가 재밌었다. 내가 중산층인지 아닌지 한 번도 생각해보지 않았다고 말했더니, 그게 바로 중산층이라는 증거라며 현진이 깔깔거렸다.

"그런데 생각할수록 재밌을 것 같더라고. 너랑 메일을 주고받아 그런지 만나면 할 얘기도 많을 것 같고. 카톡도 트고 하니까, 정말 좋더라. 잘 왔어, 은영아!"

우리는 쨍 소리가 나도록 건배를 했다.

"이상해."

"뭐가?"

"나는 여전히 중3, 한국 떠날 때 그 시간에 머물러 있는 기분. 타임머신 타고 돌아다니다, 되돌아왔더니 나만 두고 시간은 가버린, 우주 미아 같은?"

"뭐야, 나만 늙었다는 말이야?"

나는 제법 진지하게 말했는데, 현진은 자신의 얼굴을 손으로 쏟아내리는 시늉을 했다.

"회포는 천천히. 네 눈에 잠이 쌓였어."

현진이 당장이라도 나를 방으로 밀어넣을 기세로 식탁에서
먼저 일어나며 말했다.

*

창밖이 환했다. 개 짖는 소리가 벽을 타고 올라왔다.

"망구야, 이놈아, 조용히 해!"

누가 TV를 켜놓은 걸까. 걸걸한 여자의 목소리가 연기하듯
과장되게 들렸다. 매콤하고 비릿한 음식 냄새도 난다. 옆집이나
아래층일까. 계단 저 아래쯤에서 누군가 거칠고 빠르게 오토바
이를 몰고 가며 소리치는 게 희미하게 들린다. 일상의 공간이
바뀐 게 실감 난다.

새벽에 현진이 방문을 열었다. 내가 기척을 느끼고 막 침대에
서 몸을 일으키려고 하자, 나, 출근한다. 더 자. 살며시 문을 닫
고 사라졌다. 다시 방 안은 어두워졌고 은영아, 은영아. 문 앞에
서 속삭이듯 내 이름을 부르던 현진의 목소리가 희미한 메아리
처럼 맴돌았다. 내가 안전하고 평화로운 곳에 있다는 말처럼 들
렸다. 안온한 느낌이 꿈까지 따라왔는지 깊이 자다 눈을 뜬 아
침이 상쾌하다.

이렇게 살고 있었구나.

나는 오래 세상을 떠돌다 돌아온 듯 방 안을 둘러보았다. 현진이 그렸다는 벽화에 다시 시선이 머문다. 화사한 장미를 그려 넣은 정원 풍경. 초록 잎들이 무성한 나무들은 집 뒤에 도열한 호위병처럼 빼곡하다. 저걸 직접 그렸다니. 내가 알고 있던 현진은 어디로 사라진 걸까. 사뭇 다른 사람이 되어 만난 것 같다. 3층까지 올라오며 보았던 좁은 계단과, 손때와 뭔가에 긁힌 자국으로 얼룩진 벽이 떠오른다. 건물 입구에는 음식물 쓰레기 악취가 풍겼다. 1층만 지나면 금세 어두침침해지는 계단을 현진은 매일 질끈질끈 밟았을 것이다. 밥 먹고 잠자던 곳을 언젠가 불도저와 굴착기가 밀어버릴 거라는 걸 깨달았을 때 그림을 그려야겠다고 생각했을까. 아름다운 정원이 있는 집을 그리는 현진의 모습을 상상했을 뿐인데 조금 먹먹해졌다. 오랜 시간 만나지 않았지만, 서로를 놓친 적이 없던 것처럼 현진의 마음이 느껴졌다.

*

현진은 검은 단발머리를 언제나 귀 뒤로 넘겼다. 크고 하얀 두 귀는 세상 모든 말을 놓치지 않겠다는 듯 도드라져 보였다. 흐트러지지 않은 자세로 입을 꾹 다물고 칠판을 응시하던 모습은 쉽게 범접할 수 없는 사람이라는 인상을 심어주었다. 현진은 전교 1등 자리를 놓친 적이 거의 없었다. 장마철이면 현진의 옷에서 눅눅하고 꿉꿉한 냄새가 났는데, 가난이나 게으름이 원인이라고 말하는 아이들도 있었지만 현진을 대놓고 무시하는 사람은 없었다. 심지어 그런 냄새 때문에 현진을 신비하게 생각하는 아이들도 있었다. 현진은 뛰어난 기억력을 지녔고 번뜩이는 상상력으로 선생님들과 아이들을 놀라게 했다. 학교 대표로 과학경시대회와 수학경시대회, 백일장 등에 나가 상을 휩쓸었다. 금빛 술이 많이 달린 깃발을 들거나 금메달을 목에 걸고 교장 선생님과 나란히 단상에 서기도 했다.

동네 사람들은 공사판을 돌며 페인트칠을 하는 현진의 아버지를 '뺑기쟁이'라고 불렀는데, 현진은 그 단어에 감전된 듯 몸을 떨며 질색했다. 감정을 잘 드러내지 않는 현진으로서는 대단한 반응이었다. 현진은 아버지 직업을 써낼 때면 '건축업'이라고 또박또박 적었다. 내게는 너무도 고급스러운 '어른들'의 단어였다. 현진의 아버지는 공사판을 전전하느라 집을 자주 비웠다. 글을 읽을 줄도 쓸 줄도 모르는 현진 엄마는 학교 가정통신문이나 관공서 서류를 가지고 우리 아버지를 찾아오곤 했다. 아버지는 현진 엄마와 아버지를 우직한 사람이라고 말했다. 줏대가 있고 곧다는 뜻인 줄 알았다. 그런데 그 뜻만 있는 게 아니라고, 무식하다는 의미도 담겨 있다고 현진이 말했을 때 나는 많이 놀랐다. 자신의 아버지를 함부로 표현할 수 있다는 게 믿기지 않았다. 사실이니까. 현진은 자기가 뱉은 말을 주워 담지 않았다.

중학교 2학년이 끝날 즈음 현진의 아버지가 죽었다. 현진의 엄마가 신발도 신지 않고 우리 집에 찾아온 건 이른 새벽이었다. 나는 졸린 눈을 비비며 방에서 나왔다. 팔도 안 풀고 그대로, TV를 보다가, 자는 줄 알았더니……. 두 팔을 허공에 막 휘두르며 말하는 현진 엄마가 실성한 사람처럼 보였다. 현진 엄마는 아이고, 아이고 흐느꼈다. 아버지가 바닥에 주저앉은 현진 엄마를 일으키며 구급차를 먼저 불러야 한다고 소리쳤다. 엄마는 내게 들어가 자라며 방문을 닫았다. 꿈결까지 따라온 현진 엄마의 흐느낌을 떨쳐버리지 못해 다시 잠들지 못했다. 등굣길에 잠깐 본 현진이의 두 눈은 개구리 눈처럼 퉁퉁 부어 있었는데, 전에 알던 현진이 아닌 것만 같아 조금 무서웠다.

현진은 아버지가 죽자 훌쩍 성장한 아이처럼 말이 없어졌다. 둥글던 얼굴이 홀쭉해지고 키가 눈에 띄게 자랐다. 언제부턴가 비상한 기억력과 번뜩이는 상상력은 시들해졌고 전교 1등 자리를 자주 놓쳤다. 현진은 점점 중심에서부터 멀어져 혼자 지냈다. 우리 가족이 비행기 소리가 쌕쌕 들리는 서울 변두리 동네로 이사를 한 것도 그즈음이었다.

나 이민 간다.

왜?

몰라.

그래서 비행기 소리 나는 동네로 이사 간 거였구나?

뭐? 그런 말이 어디 있어?

현진에게 와락 서운한 감정이 일었다. 부모가 결정한 일에 아무것도 반대할 수 없는 나 자신이 무기력하게 느껴졌고 친구 곁을 떠난다는 서운함과 새로운 곳에 적응해야 한다는 두려움이 나를 옭아매었다.

다 그렇게 보이지 않게 연결되더라고, 미래가.

현진은 세상을 다 산 사람처럼 말했다. 나이에 어울리지 않는 말처럼 들렸지만, 현진의 입에서 나온 말이기 때문에 뭔가 맞는 말 같기도 했다.

우리는 대여섯 개의 버스 정류장을 지나쳐 걸었다. 목적지는 없었다. 그러다 누가 먼저라 할 것 없이 충동적으로 아무 버스에 함께 올라탔다. 환한 대낮이었고 한참을 달리던 버스는 어두운 터널로 진입했다. 다음에 내릴까? 나는 어딘지 알 수 없는 먼 곳으로 가는 불안한 마음에 물었다. 고개를 끄덕이던 현진이 갑자기 손가락으로 앞을 가리켰다. 저기 봐, 은영아. 어두운 터널 끝에서 작고 환한 빛의 동그라미가 점점 커지며 우리에게 다가오고 있었다. 앞으로 다가올 시간이 그렇게 힘들거나 어둡지 않을 거라는 축복 같았다. 나는 두려움이 조금 가시는 걸 느낄 수 있었다. 미국이 아무리 멀어도 잘 갈 수 있을 것처럼.

은영아, 어서 와. 이곳이 조금이라도 네 맘을 편하게 한다면, 언제든 환영.

오래 망설이다 한국행 계획을 현진에게 알렸을 때 짧은 답이 왔다. 오래전 터널 끝 빛의 동그라미를 보았던 장면이 그렇게 다시 떠올랐다.

*

너 있는 듯 없는 듯 나는 내 일 할 테니, 필요하면 언제든 연락해. 2~3일 더 쉴 생각 하고, 음식은 냉장고에 있으니 데워 먹어. 한국 돈도 좀 놔뒀으니 동네 구경하든지. ㅋㅋ 완전 언니 같네! 와이파이 비밀번호는 냉장고에 붙여놨어.

현진이 손글씨로 쓴 포스트잇을 식탁에 남겼다. 나는 만 원짜리 지폐를 만지작거렸다. 달러보다 조금 얇은 것 같았다. 국경을 넘으면 언어와 화폐가 먼저 바뀌는 이치가 새삼스러웠다. 유리창 너머 하늘이 뿌옇다. 안개인지 미세먼지인지 모를 것들이 시야를 가렸다. 뿌연 것들 속에서, 점점 선명해지는 엄마 목소리.

너무 많이 파고들지 마라. 지나간 것들에 너무 붙들리지 말고 앞을 봐라.

앞은 어딜까. 창밖으로 보이는 가파른 계단 끝에 이르면 '앞'이 있을까.

커피 봉지를 열자 방금 로스팅한 것처럼 진한 향이 실내에 퍼졌다. 현진이 내게 유일하게 가져오라고 부탁한 것. 브라질 다녀온 친구가 선물로 줬는데 오래 아껴 마셨다는 커피다. 현진은 어제 이 원두로 커피를 진하게 한 잔 내려 마시며 감탄했었다.

커피를 가득 담은 머그잔을 옆에 놓고 트렁크를 열었다. 옷을 꺼내서 옷장에 걸고, 운동화와 단화는 신발장에 넣었다. 수납장처럼 신발장이 꽤 크다. 자질구레한 것들을 넣을 수 있도록 선반과 서랍들이 많다. 현진의 신발들. 가지런히 정리된 소박한 일상이 눈에 들어왔다. 신발장 문을 막 닫고 돌아서려다 멈칫했다. 굵기가 다른 붓들이 말라비틀어져 있고, 쥐어짠 흔적이 고스란히 남아 있는 유화물감과 꾸덕꾸덕 마른 채 먼지가 쌓인 팔레트가 아무렇게나 박스에 담겨 있다. 미술 도구함처럼 보이는 박스 옆에 삐죽 삐져나온 스케치북과 캔버스가 없었다면 아마도 그냥 돌아섰을 것이다. 호기심을 누르지 못하고 스케치북을 꺼내 펼쳤다. 오래전에 그린 것인지 색도 스케치도 흐릿한 그림이 나타났다. 오리를 그린 그림들이었다. 특별히 다르게 그린 것도 아닌데 어떤 오리는 암컷처럼, 어떤 오리는 수컷처럼 보였다. 그러다 나는 문득 방에 있는 벽화가 떠올랐다.

하얀색 꽃 무더기인 줄 알았는데, 짐작대로 오리다. 집을 지키는, 혹은 어딘가로 길 떠나는 오리 한 마리. 자세히 보니 깃털 하나하나가 살아 있다. 꽤 오래 공들여 그린 티가 난다. 홀로 길을 찾아나서는 오리. 현진일까? 오리를 그리기 위해 그린 벽화구나. 혼자 중얼거렸다.

개 짖는 소리가 계단과 벽을 타고 올라왔다. 아래층 현관문이 열리더니 아침에 들었던 그 목소리가 튀어나왔다.

"망구야, 이놈아. 그만 좀 짖어라. 이 할미가 죽었냐? 죽은 네 어미가 다시 살아 왔냐? 배가 고프냐? 똥을 쌌냐?"

나는 속으로 키득거렸다. 엄마가 즐겨보는 한국 드라마의 한 장면을 엿들은 기분이다. 꽝 소리와 함께 현관문이 닫히자 모든 소리가 멀어졌다. 소파에 누웠다. 아직 시차에 적응하지 못한 몸이 붕 뜨는 것만 같다. 가끔 벽을 타고 화장실 물 내리는 소리가 들린다. 옆집에도 사람이 사는 걸까. 그건 참 이상한 질문 같았다.

―나올래?

현진의 문자에 좋다는 문자를 보내고 씻고 나왔더니 답 문자가 날아들었다.

―택시 불렀어. 계단 아래 형제마트 앞으로 나와. 5분 뒤 도착!

나는 화들짝 놀라 가방을 챙겨 들었다. 정신이 하나도 없네. 여기, 한국이야! 소리치며 뛰쳐나갔다.

택시는 보이지 않았다. '형제마트' 간판을 확인하고 안을 기웃거렸다. 가족들이 소규모로 운영하는 '마마&파파' 스타일 미니 마트다. TV 화면을 쳐다보고 있는 두 노인이 천천히 나를 향해 고개를 돌린다. 나와 눈이 마주친 할아버지가 TV 소리 좀 줄이라며 리모컨을 찾느라 두리번거린다. 할머니는 못 들은 척 다시 화면을 쳐다보더니, 손에 쥐고 있던 리모컨 버튼을 꾹 누르며, 뭘 찾아요? 못 보던 손님이네, 묻는다. 나는 조금 머쓱해서, 가게 사진을 찍어도 되느냐고 물으며 카메라를 들어 보였다. 두 노인이 생각지도 않은 엉뚱한 질문이라는 듯 서로를 바라본다. 할머니가 옷매무새를 고치고 부스스한 머리를 다듬는 사이 할아버지가 쓱 일어서더니 가게를 나간다. 집들이 헐리면 이 가게도, TV를 보던 두 노인의 모습도 사라질 테지. 나는 조심스럽게 셔터를 눌렀다.

"그런데 왜 '형제'예요?"

택시가 들어올 방향을 흘깃거리며 내가 물었다. 할머니 할아버지 모두 아들이 귀한 집안이었다는 말을 들은 다음이었다.

"동네 구멍가게라도 남자 둘이 하는 것맨치 보이면 누가 함부로 못 할 거라고, 우리 영감이 글케 지었지."

가게 밖을 서성거리는 할아버지를 가리키며 할머니가 말했다. 그게 무슨 비밀이라고 목소리까지 낮춘다.

"여기 있은 지 30년 훌쩍 넘었어. 첨엔 이보다 좀 컸어. 채소랑 과일도 많이 팔고. 가게 뒤에서 살림도 하고 살았지. 이 가게 해서 애들 다 학교 보내고 시집, 장가 보내고. 처음엔 형제상회라고 했다가, 촌스러워서 마트로 바꿨어. 여름이면 파라솔 아래 손님들이 거의 술손님이었으니, 괜찮았어. 형제마트가 영 틀린 말은 아니여. 우리 아들 녀석이 둘 있으니, 누가 물으면 그래서 그렇게 지었다고 말해. 이런 구멍가게 할 아이들은 아니지만."

할머니는 자신이 살아온 세월을 뿌듯해하는 듯 보였다. 내가 이것저것 물어주는 것도 재밌는 모양이다. 나는 다시 카메라를 들었다. 할머니는 이런 일이 가끔 있었다는 듯 자연스럽게 매장 정리를 한다.

"가끔 젊은 친구들이 이 동네 구경하러 와. 사라질 동네라고. 재밌나 봐."

같이 사진을 찍어도 되느냐고 할머니에게 물었다. 늙은이 얼굴은 찍어 뭐 하냐며 중얼거리더니 카메라를 향해 고개를 내밀며 웃는다. 찰칵하는 소리가 경쾌하게 들렸다.

"망구네 윗집이라고?"

할머니가 망구네와 사이가 좋지 않은 듯 입을 삐죽거린다.

"입이 걸어, 그 여자. 이 동네 재개발 늦는 것도 다 그 주책 맞은 여편네 때문이지. 내 맘엔 그래. 주민 설명회 때도 뭐든 반대하고 혼자 틀고."

5분 후 도착이라던 택시는 보이지 않는다.

"어딘가, 뭔지는 몰라도, 이 동네 사람과 조금 달라 보이더니만."

할머니가 고개를 뒤로 빼며 내 얼굴을 다시 빤히 쳐다봤다. 나는 조금 무안해서 한 걸음 물러섰다. 나의 어떤 모습에서 이방인 티가 나는지 물어보려는데, 유리문 너머로 택시가 미끄러지듯 들어서는 게 보였다.

퇴근길 정체가 시작된 도로는 흡사 대형 주차장 같았다. 창경궁을 지나 광화문을 지나는 길이다. 맞나? 그래도 기사에게 묻지 않는다. 사람들에게 이것저것 뻔한 질문 하지 마. 멀리에서 온 티나. 촌티? 촌티는 도와주고 싶은 맘이라도 생기지. 교포티! 묻지 말고 검색하고 길 찾기 눌러. 현진에게 여러 번 들었던 말이다. 나는 주변을 두리번거린다. 조금 익숙하고 많이 낯선 길이다. 한복을 입은 젊은 사람들 무리가 지나간다. 나는 이 모든 게 신기한데 뒷머리가 거의 백발에 가까운 택시 기사는 운전에만 열중한다. 경복궁역을 조금 벗어나자 한복을 입은 사람들이 줄어들고, 직장인들처럼 보이는 사람들이 많아졌다. 초저녁의 거리가 생기로 가득하다. 택시는 '로즈 가든' 입간판이 보이는 곳에서 멈췄다.

장미가 그려진 유리문을 슬며시 밀자 풍경 소리가 뎅그렁거리며 정적을 깼다. 현진이 고개를 돌리더니 꺅, 소리를 지르며 환호했다.

"이런 비현실적인 느낌이라니! 은영이가 내 가게에!"

현진은 지난밤에 함께 수다를 떨다 같은 집에서 자고 아침에도 잠깐 얼굴을 봤다는 사실을 까맣게 잊은 사람처럼 호들갑이었다. 우리는 오늘 만난 듯 서로를 다시 얼싸안았다. 현진이 이런 가게를 하며 살고 있다니. 꿈에도 생각해보지 않은 일이었다.

"그럼 내가 뭘 하며 살 거라고 생각했어?"

"변호사? 정신과 의사? 연구원? 회계사?"

"그 지루한 일을 내가?"

현진이 또 웃음을 터트렸다.

주방과 거실 인테리어 소품에서부터 옷, 가방, 그릇에 이르기까지 다양한 물건들이 눈을 즐겁게 했다. 서까래가 그대로 보이는 천장은 이 공간이 원래 한옥이었다고 말해주는 듯했다. 한국의 '평수' 개념에 익숙하지 않은 나는, SUV 자동차 두 대가 주차해도 차 문을 열기 편안한 크기의 가게라고 말했다. 현진도 얼른 그 뜻을 알아듣고 맞아, 맞아! 고개를 끄덕인다. 빈티지나 앤티크라는 말이 어울릴 법한 물건들은 현진의 손을 거쳐 새로 태어난 것처럼 반짝거렸다.

이렇게 단단한 모습으로 살고 있었다니.

잎이 돋기 시작한 묘목을 심어놓고 수십 년 지나 보니 과일이 주렁주렁 달린 나무로 자란 걸 본 것처럼 경이로웠다.

"어때, 내 솜씨?"

현진이 깃과 소매만 남겨놓고 패치워크로 리폼했다는 청자 켓을 집어 들며 물었다.

"네가 직접? 정말?"

나도 모르게, 브라보! 외치며 손뼉까지 쳤다. 현진은 나의 반응이 꽤 만족스러운지 오전에 리폼했다는 머플러를 목에 휙 두르더니 빙그르르 돌았다. 가장자리에 장식된 크고 작은 단추들이 물결 모양으로 흔들렸다.

"백악관의 로즈 가든보다 네 가게가 더 근사해."

내 입에서 다시 감탄의 목소리가 흘러나왔다.

어둠이 내려앉기 시작했을 때 우리는 가게 문을 닫고 거리로 나왔다. 저녁을 먹기 위해 서너 군데 식당을 기웃거렸지만, 거의 만석이었다. 차라리 내가 요리하는 게 낫겠다. 현진의 중얼거림을 들었을 때 나는 그럼 집에서 먹자고 제안했다. 현진이 눈을 반짝이더니 집 근처 재래시장도 구경할 겸 가자며 내 손목을 끌었다.

우리는 싱싱한 생선과 채소를 넉넉하게 사서 장바구니에 담았다. 재래시장 뒤 천변을 지나 집까지 가는 지름길이 있다고 했다. 사위는 조금씩 더 어두워졌지만 천변으로 이어지는 계단을 다 내려오자 걷는 사람들이 제법 많았다. 만개한 꽃들이 가로등

아래 환했다. 금계국, 만수국, 금잔화, 막 꽃봉오리가 맺히기 시
작한 구절초. 현진은 내가 묻지 않아도 꽃들을 가리키며 척척 이
름을 부른다. 현진이 호명하면, 금계국은 정말 금계국처럼 생긴
것 같고, 만수국은 정말 만수국이라는 이름이 어울리는 것 같고,
금잔화와 구절초는 그 이름을 위해 태어난 꽃들처럼 보였다.

"가게 이름이 가게랑 잘 어울리는 것 같아."

로즈 가든 이름을 떠올리며 내가 말했다.

"고상도 떨고 궁상도 떠는 장소야."

생활과 삶이 있는, 특별하게 볼 건 없다는 말처럼 들렸다.

"근데…… 노아 씨……."

말없이 걷던 현진이 조심스럽게 노아 얘기를 꺼냈다. 이런 얘
기 꺼내도 돼? 그런 눈빛을 내게 먼저 던졌다.

"너, 괜찮아진 거지?"

현진이 조심스레 묻는다. 나는 고개를 끄덕였다. 어느 정도가
'괜찮'은 건지는 알 수 없지만, 현진이 '노아 씨'라고 불러줘 왠
지 고마운 마음이 들었다.

"그런데, 노아 씨에 관해 뭘 알고 싶은 거야? 생모나 생부라
도 찾겠다는 거야?"

현진은 내가 입국하기 전 메일로 부탁한 일들을 떠올리는 모
양이었다.

"한국에 간다고 생각하니, 노아에 대해 더 알고 싶었을 뿐이

야."

큰 기대는 없었다. 생모, 생부까지 연결 지어 생각해본 적은 더욱 없었다. 아들이 어떻게 살았는지 궁금하지 않느냐고 묻는 게 지금 무슨 소용 있을까. 내 손이라도 만져보고 아들에 대한 그리움을 달래보라고 위로라도 해줄까. 모두 부질없는 짓 같았다.

"도움이 될 만한 정보는 없더라."

"뭘 찾아보긴 했어?"

나는 조금 놀라 물었다. 흰 오리들이 물살을 가르며 유유히 헤엄치는 모습이 그림 같았다. 오리들이 지나가며 남긴 자리마다 불빛이 찰랑거렸다.

"사실 나도 뭘 어디에서 어떻게 찾아야 하는지 모르겠더라고. 그냥 입양과 관련된 키워드로 검색하다가, 보건복지부에서 실시하는 '입양정보공개청구제도'가 뜨길래 들어가봤어."

현진은 손님이 없는 틈틈이 인터넷 검색을 하며 알아보았다고 했다. 나는 다음 말이 무척 궁금해 귀 기울였다.

"노아 씨와 비슷한 상황에 있는 사람들이 너무 많다는 것 외에 사실 별 성과가 없었어."

빈집인 줄 알고 찾아갔는데, 문을 여니 역시 빈집이었다는 말로 들렸다. 나는 현진의 말을 곱씹으며 걸음을 멈추고 오리들을 바라보았다. 현진도 내 옆으로 다가와 섰다.

"입양 관련 정보의 전부 또는 일부의 공개를 청구하는 신청

자격이 입양인 당사자에게 한정되어 있다는 사실에 맥이 풀리더라……. 참, 내 말 어렵지 않아?"

나는 모두 이해할 수 있다고 말했다. 노아에 관한 거라면 말 이상의 것들도 이해할 것만 같았다.

"설령 제삼자가 신청 가능할지라도, '남자아이-1'이라는 이름은 한국에 흔적을 남기지 않고 입양된 아이라는 말과 같은 것 같더라. 혹시나 해서 노아 씨의 영문 이름으로도 검색해봤는데, 없어."

내가 준 정보로는 그 어떤 흔적도 찾을 수 없다는 말이다. 나는 고개를 끄덕이며 흰 오리들의 느리고 우아한 몸짓을 바라보기 위해 멈춰 섰다. 기대하진 않았지만, 실망감이 밀려오는 것까지 막을 수는 없었다. 별 소득이 없네. 괜찮지, 노아?

현진과 나는 다시 걷기 시작했다.

"네가 보내준 메일을 열 때마다, 그 '6일의 시간'을 숨죽이며 함께 했어. 솔직히 그런 과정이 없었다면, 내 집에 함께 머물자는 제안도 쉽게 못 했을 거야."

나는 현진의 말에 가만히 고개를 끄덕이며 걸었다. 왜, 갑자기 한국에? 질문을 받았을 때 긴 설명 대신 보냈던 메일이었다. 메일을 보낼 때마다 용기가 필요했지만, 현진에게 털어놓은 걸 후회하진 않는다.

"이것저것 검색하면서 실은 많이 놀랐어. 아직 내가 모르는 슬픔이 이렇게 많구나. 그런 생각이 들더라."

현진은 내가 막연히 알고 있던 것보다 세세하게 알고 있는 듯했다. 나는 말없이 현진의 말을 들으며 걸었다.

"오래전 입양 관련된 일을 했던 블로거들의 글이 제일 와닿더라."

"현장에 있던 사람들의 생생한 목소리니까."

미국에서도 가끔 찾아 읽었다고 내가 말했다.

"입양되기 쉽게 하려고 부모가 살아 있어도 버려졌다고 기재하거나, 원치 않는 임신을 한 여자들은 자신의 기록을 남기지 않는 경우가 많았대. 연락처까지 삭제하거나 미기재로 남기는 게 다반사였고."

"입양되기 쉽게 하려고?"

나는 약간의 분노를 느끼며 목소리 끝이 올라가는 걸 느꼈다.

"응. 대기자들이 너무 많았던 시기니까……. 이 말은 노아 씨에게 정말 미안하지만, '남자아이-1'이라고 기재되면, 이름도 없이 버려진 아이로 보이지만, 아이러니하게도 입양 시장에서는 매력적인 요소가 될 수 있다는 말 같아. 입양 부모들이 부담 없이 고를 수 있……. 어휴, 이 말 너무 가슴 아프다. 미안해."

현진이 고개를 절레절레 흔들며 자신이 한 말을 거둬들이겠다는 듯 손을 내저었다.

"괜찮아. 그 정도는 알고 있었어. 평생 아시아 빈민국 출신 아이들 입양 관련 일을 했던 미국인 사회복지사 인터뷰 기사들도 많아. 한국에서의 사정이 어떤지 궁금해 물었던 거야."

"어찌 괜찮겠어……."

"가끔, 조금 울었어."

다른 누구에게도 쉽게 하지 못했던 말이 자연스럽게 내 입에서 흘러나왔다. 유년의 친구와 천변을 같이 걷는 가을의 무심한 저녁 때문인 것 같았다. 지나와보니 내가 그리 힘든 일을 겪은 것 같지도 않았다. 한국에 오니 이민 가서 살았던 삶을 전생이라고 불러도 어울릴 것만 같았다. 세상에 많은 불행이 있지 않은가. 나를 위로하는 마음마저 들었다.

"울고 싶을 때 그냥 울어. 공백 기간이 좀 있었지만, 나만큼 너를 오래 안 사람이 가족 말고 있니?"

나는 현진의 다정한 위로의 말이 고마웠다.

"자신의 불행이 가장 큰 불행이라는 것쯤은 나도 알아. 내 앞에서 맘 놓고 터트려도 돼."

현진이 부러 입을 삐죽거리며 익살스러운 표정의 얼굴을 내 턱 밑으로 들이밀어서 웃고 말았다.

"조금 울었다는 말이 더 슬프다. 꾹꾹 참아도 기어코 터진 슬픔처럼 들려."

현진이 한숨을 길게 내쉬었다.

"미운 계집애. 좀 일찍 오지. 꾹꾹 참다, 푹푹 썩다, 이제야 오다니.”

  내 팔을 살며시 잡으며 현진이 말했다. 오리가 천변을 따라
숲속으로 뒤뚱거리며 지나갈 때까지 우리는 걸음을 멈추고 기
다렸다. 짧게 머물다 가는 계절은 긴 밤과 함께 오는지 사위가
금세 어둑어둑해졌다.

  “이 언니가 생선 맛깔나게 조려서 한 상 차려줄게. 진짜 노아
씨는 복도 없어. 이럴 때 옆에 있다면 셋이서 을매나 좋았겠어.
잔도 셋이 부딪치면 쨍 소리가 더 아름답지. 아이고 참말로, 뭐
가 그리 급해!”

  현진은 작정한 듯 부러 사투리를 섞어가며 가볍게 말했다. 간
장과 고추장 레시피를 입으로 주절대며 둘 중 하나를 빨리 고
르라고 재촉했다. 막 가라앉으려는 나를 일으켰다. 내가 글쎄,
글쎄,라며 중얼거리자, 뭐가 그렇게 어려운 질문이라고 고민을
해? 그냥 반반! 소리쳤다.

*

  순식간에 주방이 분주해졌다. 우리는 오래 보조를 맞춘 사람
처럼 손이 척척 맞았다. 현진은 빠르게 생선을 물에 씻고 소금
으로 밑간을 하고 소스를 만드느라 주방 안을 바쁘게 오갔다.
나는 쌀을 씻어 안치고 현진이 하라는 대로 무 껍질을 벗겼다.

"아아, 노아 씨를 위해 이 기막힌 안주에 반주라도 할까 봐!"

현진이 냉장고를 열고 술병을 들어 올렸다. 나는 잔 두 개를 얼른 꺼내 식탁에 놓았다. 주방에서 대파와 풋고추를 써는 현진의 칼 소리가 명랑하게 리듬을 탄다. 밤의 숲속처럼 적막한 빌라가 다시 깨어난 듯 생동감이 넘친다. 망구도 짖지 않는 고요한 밤. 창 밖으로 새로 지은 아파트 건물 불빛들이 긴 띠로 이어져 다른 세상 같다. 생선조림 냄새와 밥 냄새가 뒤섞인다. 현진은 어느새 콧노래를 흥얼거리고 나는 냉장고에서 반찬들을 꺼내 풍성한 식탁을 준비한다.

우리는 허기진 사람처럼 빠르게 생선 토막을 접시에 덜어 먹었다. 생선 살은 놀랍도록 희고 부드러웠으며 붉은 조림 소스는 매콤한 맛으로 혀를 자극했다.

"로즈 가든 지루하면 식당 차려도 될 맛이야."

남이 차려준 밥 먹고 사는 게 소원이라고 말하며 현진이 고개를 저었다.

지난 몇 개월 동안 우리는 자주 메일을 주고받았다. 현진에게 '6일의 시간'에 대해 말할 수 있었던 건 그제야 고통을 마주할 수 있었기 때문이었을 것이다. 일기처럼 써 내려간 그 글을 현진에게 전송한 밤, 나는 무거운 짐을 내려놓은 사람처럼 조금 가벼워질 수 있었다. 여행을 할 결심도 그때 했었는지 모른다. 막연히 계획하던 일이었는데 정말 갈 수 있을 것처럼 용기가 생겼다.

"네 메일을 열 때마다, 우리가 오래 서로 떨어져 살았지만, 폭력이라는 이름 아래 크게 다르지 않은 세상을 살고 있었다는 사실이 놀라웠어."

웃음기 없는 표정으로 현진이 차분하게 말했다. 예전 모습이 언뜻언뜻 보였다. 나는 오랜만에 만난 친구에게 먼 길을 달려오며 보았던 풍광을 묘사하듯 담담하게 말했다.

"오랫동안 분노와 슬픔이 함께 밀려오는 날들 속에 있었어."

현진이 가만히 술잔을 쥐고 내 이야기를 들었다. 밝지 않은 형광등과 오래된 물건들에 둘러싸인 이곳이 오래 살았던 곳처럼 편안하게 느껴졌다. 옆집에서 화장실 물 내리는 소리가 벽을 타고 들려왔다. 절묘한 순간에 우리의 대화 속에 끼어든 소음이 모든 건 흘러갈 거라고 말해주었다.

"분노와 슬픔은 다르면서도 어쩌면 뿌리가 같은 감정인지도 몰라."

내 말에 현진이 고개를 끄덕였다. 그런 생각을 깊이 해본 사람 같았다.

"치밀어 오르며 발산되는 감정이 분노라면, 슬픔은 천천히 내면에 스미며 오래 머무는 속성이 있는 것 같아."

"맞아. 가끔 어떤 감정이 더 힘이 셀까 생각했던 적이 있었어. 분노는 조금 다스릴 줄 아는데, 슬픔엔 속수무책이야. 그래도 가끔 나 자신에게 소리치기도 해. 분노를 느끼며 살아야 해. 저항하라고! 이러면서."

"쓸데없는 분노는 속으로 존나, 존나, 씨발, 씨발, 백 번쯤 욕하면서 날려 보내고."

현진은 당장이라도 먹살잡이를 할 것처럼 말했다.

"어떤 슬픔은 삭이지 못한 분노에서 싹텄는지도 몰라. 처음에 두 감정을 분리하지 못하고 서로 다른 이름으로 받아들였을 뿐."

"분노와 슬픔 가운데 꼭 하나를 택해야 한다면……."

"한다면? 나는 차라리 슬픔을 택하겠어. 적어도 타인을 공격하지 않잖아."

나는 망설이지 않고 대답했다.

"나도 차라리 슬픔을 택하겠어. 스스로 마를 때까지 기다려주겠어. 그럴 가치가 있는 일이라면…… 그런데……."

자신이 뱉은 말을 곱씹어보는 표정으로 현진이 말했다. 뭔가완전히 공감할 수 없는 지점을 발견한 듯 미간을 모았다.

"처음부터 끝까지 분노로 남을 수밖에 없는 상황도 있어……."

낮은 어조로 현진이 말했다. 그건 누구보다 자신이 잘 알고있다는 듯. 나는 그럴 수도 있을 거라고 작게 중얼거렸다.

"네가 노아 씨랑 왈츠를 추던, 사흘쨋가, 되던 밤……."

현진은 내가 보낸 '6일의 시간'을 여러 번 읽었다고 먼저 운을 뗐다. 손으로 천천히 앞머리를 쓸어 올렸다. 다음 말을 고르려는 듯 입술을 만지작거리며 나를 바라보았다.

"네가 메일에 덧붙인 말, 증오보다 더 힘든 건 사실 미워하는 거라고. 증오는 미워하는 마음의 결과일 뿐이라고. 미움의 작은 벽돌들이 쌓여 만들어진 어둠의 성 같은 것이 증오 같다고. 그 성에 한 번 갇히면 절대 밖으로 나올 수 없을지도 모른다고. 나, 거의 외우다시피 해. 또 다른 나와 마주 앉아 대화를 나누는 것처럼 깊이 공감했거든. 우리의 오랜 공백이 전혀 느껴지지 않을 만큼."

나도 현진과 대화를 나눴던 메일을 떠올리며 고개를 끄덕였다.

"증오는 피를 부르는 속성이 있나 봐. 그 총기사건 보니까, 그런 생각 들더라."

"노아 씨가 한 번 더 박차고 슬픔의 수면 위로 튀어 올라왔다면, 얼마나 좋았을까……. 증오까지 가지 않은 그 마음을 조금만 더 오래 붙잡고……."

현진은 그게 말처럼 쉽지 않다는 걸 깨달은 사람처럼 고개를 세차게 흔들었다.

"노아 씨가 너랑 함께 내 집에 왔다면……. 자꾸 이런 상상 하게 되네."

"네가 질투로 쓰러졌겠지?"

내가 농담처럼 던진 말에 현진이 과장되게 웃음을 터트렸다.

무겁고 진지한 말은 이제 꺼내지 않겠다는 듯 두 손을 저었다.

물컹하게 익은 무 한 조각을 내가 접시에 덜자 현진이 감탄했다.

"역시 그대로네."

"뭐?"

"생선 하나 먹고 무 먹고, 무 먹고 생선 하나 먹는 예전 버릇 그대로라고."

"내가? 그랬어? 별걸 다 기억한다, 너는."

"그런데, 우리의 엄마님들은 딸 얘긴 안 하시나?"

국제전화비 아까워서 둘 얘기만 하다 끊으시나? 우리는 거의 동시에 말하고 서로를 바라보며 키득거렸다.

"난 고등학교 자퇴하고 검정고시 봐서 대학 들어갔어. 사실 뭐 별 특별한 이야기도 아니지만."

"왜?"

나는 깜짝 놀라 물었다.

"튀려고 그랬지. 동기들보다 일찍 대학 가서 주목받으려고."

"너라면 충분히 조기 입학에 조기 졸업 가능한 실력이었지."

막내인 나와 달리 현진은 많은 걸 짊어진 장녀였다. 소녀 가장까지는 아니더라도, 현진 아버지가 돌아가시고 힘겹게 살았다는 얘긴 간간이 전해 들어 알고 있었다. 그래도 검정고시로 대학에 들어갔다는 얘긴 처음 들었다.

"요즘엔 전략적 선택으로 검정고시를 봐서 대학 가는 애들이 많지만, 그때는 사실 우리 집이 맘 편히 학교에 갈 형편이 아니었어. 뭐 별 불만은 없었어. 일찍 철이 들었다고나 할까. 낮에 일하고 밤에 공부하는, 주경야독의 삶이 내게 착 맞더라고. 뼛속까지 노동자 DNA 인증! 덕분에 또래보다 1년 늦게 대학에 갔고 운 좋게 붙은 곳이 괜찮은 대학이어서 열나게 과외 선생 노릇만 했어. 아무튼, 살아남은 우리에게 경배!"

현진이 통과한 시간을 다 상상할 수 없었다. 그녀가 스스로 선택한 거라고 말하는 것들도 사실은 어쩔 수 없이 택할 수밖에 없던 상황이었을 거라고 짐작만 할 뿐.

"우리 사회가 그래도 정의롭다거나, 인간의 본성은 선하다고 믿는 사람들을 보면 솔직히 코웃음 쳤었어. 배부른 소리들 하고 있네, 빈정거렸지. 니들이 뭘 알겠어, 비웃었고. 그런데 요즘엔 정의로운 사람들이 여전히 주변에 많다는 것이 점점 더 보이고 느껴져. 본성 자체가 선한 사람들이 그렇지 않은 사람들보다 훨씬 많은 것도 같고."

"살면 살수록 세상 잘 모르겠어. 인간은 어쩌면 그냥 선하지도 악하지도 않은 백지상태가 아닐까 싶어."

현진은 조금 취한 것 같았다. 옛 친구를 만나서 그럴까. 지나간 시간 속으로 자꾸 걸어 들어가고 있었다.

"단지 아버지가 일찍 죽었다는 이유로 동정하는 사람들도 있더라. 참 웃기지? 누군 뭐 아버지를 일찍 여의고 싶었겠어? 내가 존경한 아버지는 아니었지만."

괜히 돌아가신 아버지 얘기까지 들먹였다며 현진이 고개를 저었다.

"다른 어떤 보호벽도 없던 어린 내가 할 수 있는 유일한 저항은 고발밖에 없었어. 그것도 안 하면 내가, 내가 인간이 아닌 것만 같았거든⋯⋯."

나는 멈칫했고 현진은 비장해 보였다.

"내 발로 경찰서에 갔어. 그런데 자꾸 묻더라. 아버지는 뭐 하시니? 같이 와라. 돌아가셨어요. 그래? 결손가정이구나. 나는 그 말이, 마치 다리가 하나 없는 애구나, 힘도 없고 돈도 없고 빽도 없어서 당했구나. 그런 눈빛과 말로 느껴져 참담했어. 엄마에겐 말하지도 못했어. 당신의 삶만으로도 버거운 사람이었으니까. 조서를 꾸미는데도 그들은 뭐든 건성으로 날 대하는 것만 같았어. 내 이야기를 즐기는 것도 같았고. 나는 두 번의 심한 모욕을 당한 기분이었어. 시간이 지나 알게 되었어, 그들 눈에 난 그냥 평균치의 인간도 아니었다는 걸. 그렇다면 최소한의 인간다운 삶은 주어지는 건가, 쟁취해야 하는 건가. 나는 오랫동안 혼란에 빠졌어. 평균치의 인간만 평균치의 고통에 대해 말할 수 있는 거구나. 여자로서, 인간으로서 살아가야 할 세상이 이토록 무참한 곳이구나. 뼈저리게 느끼면서 분노했어."

현진의 입에서 흘러나온 몇 개의 단어들 앞에서 나는 잠시 혼란스러웠다. 현진이 나를 물끄러미 바라보았다. 이렇게 앞뒤 자르고 말하는 나를 이해해줘. 악몽의 순간을 다시 말하는 것 자체가 폭력을 다시 경험하는 거야. 현진의 눈빛이 그렇게 내게 말하는 것만 같아서 오히려 더 물을 수 없었다.

그러나 나는 절망하지 않았다. 그 어떤 것이든 현진의 영혼까지 파괴하지 않았을 거라는 확신이 차올랐다. 지금 바로 앞에 앉아 있는 모습만으로도 그런 생각이 가능했다.

"넌 언제나 내게 과분한 친구였어."

위로의 의미가 아니었다. 평소에 현진에 대해 느꼈던 걸 이제야 말할 뿐이었다. 내 말에 현진이 고개를 들었다. 내 말에 담긴 의미를 새기겠다는 듯 생각에 잠긴 표정으로 나를 바라보더니 고마워, 작은 소리로 말했다.

현진이 중요한 게 생각났다는 듯 입을 열었다.

"노아 씨……."

"응?"

"입양 정보 찾는 방법에 대해 알고 싶어서 이것저것 검색하다 읽은 건데……. 블로그에 한국 현대사 연재하시는, 예전에 네게도 링크 보내줬지?"

"아, 그 고등학교 선생님이셨던 분? 내용이 정말 흥미롭더라."

"그래. 바로 그 선생. 며칠 전 새로 포스팅이 올라왔는데, 그 선교사 부부가 노년에 미국으로 되돌아가면서, 신생아 같은 원아들 몇몇을 미국으로 데리고 갔다는 자료를 찾았다고. 미국으로 입양된 어느 한인 입양아가 그 자료를 미국 대학 도서관에서 찾아서 가져왔다네. 그 대목에서 문득 노아 씨가 떠올랐어. 그냥, 아무 근거 없이."

두 팔에 소름이 돋았다. 노아가 나를 재촉하듯 팔을 슬며시 그러쥐는 것처럼 느껴졌을 때 다급한 심정이 되었다.

"가, 가볼까?"

아무 기대도 하지 말자고 자신을 타일렀지만 혹시나 하는 기대감이 솟구치는 것까지 막을 수 없었다.

"혼자?"

현진이 일정을 확인하더니 다음 주에 함께 가면 어떻겠냐고 물었다. 나는 혼자라도 갈 수 있다고 말했다.

여름 숲

노아와 함께하는 여행이 이제 시작되는 것만 같았다.

서울역은 어딘가로 가고 오는 사람들로 장터처럼 혼잡했다. 현진이 인터넷으로 구매한 열차표를 핸드폰으로 전송받았다. 열차번호를 확인하고, 출발과 도착 시각을 재확인했다.

아무것도 기대하지 말자고 자신을 먼저 타일렀다. 노아에 대한 작은 실마리라도 발견할 수 있을 거라는 기대감도 억지로 눌렀다.

차창 밖으로 빌딩 숲은 점점 멀어져가고 산과 벌판과 하늘과 나무가 시야에 들어온다. 어느 순간 까무룩 잠이 들었다 눈을 떴다. 코발트블루 하늘이 그대로 황금빛 벌판에 내려앉은 모습이 장관이다. 나지막한 산들이 이어지는 곳에 봉분들이 많았다. 무덤. 오래 잊고 있던 단어가 떠올랐다. 반달 모양의 죽은 자리가 아름다웠다. 어느 젊은 엄마의 묫자리일까. 죽어서도 젖을 물리고 있을 것만 같은 반달의 무덤들을 눈으로 따라간다.

노아는 무덤을 갖지 않았다. 나의 선택이 아니었다. 마지막 순간까지 나는 조금 흔들렸다. 에디의 간곡한 만류가 없었다면, 예전에 노아와 함께 오후 산책을 다니던 메모리얼 파크에 매장했을 것이다. 꼭 화장해 수목장 해달라고 했어. 에디의 말을 듣고 놀랐다. 노아가 마지막 출근했던 오후, 커피를 마시며 농담처럼 나눴던 얘기라고 했다. 죽음이 너무도 빈번한 병원에서 그 농담에는 어떤 불길한 기미도 없었다고.

나는 다시 눈을 감고 잠을 청했다. 얼마나 그렇게 있었을까. 누군가 흐느끼는 소리를 들은 것만 같아 흠칫 놀라 눈을 떴다. 우는 사람은 없었다. 꿈을 꾼 것일까. 투명한 가을 햇살이 차창 밖에 가득했고 나는 멀리 와 있었다.

*

블로그에서 보았던 건물이 바로 눈앞에 있다. 당연하지만, 믿을 수 없으리만치 사진과 똑같다는 사실에 가슴이 뛰었다. 혼자서 제대로 찾아왔다는 게 대견했다. 나는 주변을 둘러보며 현진이 말한 '안내자'를 기다렸다. 교정은 조용하고 학생들은 모두 교실에 있을 시각이다.

S시에 거의 도착했을 즈음 현진의 전화를 받았다. 입양 관련 정보를 알려준 블로거에게 쪽지를 보냈는데 친절한 답이 왔다고, 미국에서 온 친구라는 말을 했더니 도착하면 안내를 해주겠다고 답변이 와서 현진도 깜짝 놀랐다고. 나는 이 모든 도움에 감사했다. 현진도 조금 안심한 기색이었다.

주말에 같이 가자는 현진의 제안을 거절하고 고집을 부린 것에는 이유가 있었다. 조용히 차분하게 혼자, 노아와 함께 다녀오고 싶었다. 너, 정말 혼자 갈 수 있겠어? 현진이 세 번째로 물었을 때도 나는 그렇다고 대답했다. 아무것도 기대하지 말고 다녀와. 언제든 SOS 치고. 아마도 현진은 내가 어떤 식으로든지 마음을 다치고 올까 봐 걱정인 것 같았다.

현진의 집을 떠날 때, 우리는 저녁에 만나기로 약속했다. 내가 먼저 집을 나섰다. 아침부터 부산을 떨며 현진의 집을 나선 기억도 추억이 될 것이었다. 지하철은 사람들로 미어터졌다. 러시아워 전철의 혼잡은 상상을 초월했고, 거의 두 시간 넘게 KTX를 타고 가야 하는 낯선 곳을 떠올리면 조금 불안한 마음도 들었다.

역사 건물을 빠져나오자 현진의 설명대로 택시 정류장이 바로 보였다. 순서를 기다려 택시를 타고, 이 도시에 자주 오는 사람처럼 도착지를 알려주며 차창 밖을 내다보았다. 가을빛이 아스팔트 위에서 비늘처럼 반짝였다. 차창 밖으로 보이는 재래시장은 사람들로 붐볐다. 시선을 사로잡은 것은 감이었다. 시장 한편에 주홍색 감들이 붉은 언덕처럼 쌓여 있었다. 눈을 떼지 못하고 창문 너머로 멀어지는 감을 따라 고개를 돌리자 기사가 물었다. 서울에서 오셨어요? 기사는 놓치지 않았다. 골똘하게 밖을 바라보는 나를 단박에 외지인이라고 느낀 모양이다. 네. 나는 짧게 대답했다. 근데 가자는 곳이 학곤데. 그 학교 출신이신가? 아, 그래요? 학교예요? 모르셨어요? 나는 선교사들이 살던 모습 그대로 전시된 공간이 있다고 해서 보러 간다고 말했다. 현진이 주소를 잘못 알려줄 리 없었다. 아, 그 안에 있어요. 학교 안에요? 나는 안심하며 물었다. 그 일대가 다 선교사들이 활동하던 터예요. 기사가 그 지역에 대해 잘 알고 있다는 듯 말했다. 고아원도 있었다면서요? 그쵸. 지금은 없지만, 그때는 서양인 선교사들이 선교 활동도 하고 의료 활동도 하고, 고아원 설립해서 고아들도 돌보고 그랬죠. 나 학교 다닐 때, 고아들 제법 많았어요. 나는 기사의 나이를 짐작하며 고개를 끄덕인다. 옛날엔 주변에서 제일 근사한 건물들이 교회 아니면 병원, 그리고 선교사 집이었어요. 아, 외국인들은 저렇게 생긴 집에서 사는구나. 신기하고 엄청 부러웠죠. 돌이나 벽돌로 지어서 그런가 탄탄하니, 오래돼도 건물이 흐트러진 데가 하나 없어요. 지금도 옛날 모습 그대로죠. 2층에 가면, 살림 도구나 책, 가구들이 많이 보존되어 있다고 그러더라고요. 나는 안 가봤어요. 괜히 옛날 고아 친구 생각도 나고. 안 가고 싶더라고요.

벌써 반은 구경을 한 기분이다. 택시는 학교 건물로 보이는 정문 앞에서 나를 내려주었다. 수위에게 현진이 알려준 '안내자'의 이름을 밝혔더니 언덕 위를 가리키며 들어와도 좋다고 말했다.

이끼 낀 석조 계단에 걸터앉았다. 은행나무 끝자락이 노릇노릇하게 꽃 무더기처럼 보이는 곳이다. 아담한 교정이 한눈에 내려다보인다. 선교사 부부가 살았다는 고택과 의료원으로 사용했다는 이국적인 건물이 마주 서 있다. 교문 옆에 한국의 전통 방식대로 돌과 흙으로 쌓은 긴 담이 없었다면 외국의 어느 소도시에 온 것 같은 착각을 불러일으킬 만했다. 개교 기념 행사를 알리는 현수막이 펄럭인다. 어느 건물에선가 와, 하며 웃음이 터진다. 학생들의 건강하고 밝은 웃음소리에 마음이 명랑해졌다. 그때 나를 향해 걸어오는 여자 둘. 나는 계단에서 몸을 일으켰다.

현진이 말한 안내자인가? 한 사람이 아닌, 두 여자라서 의아하다. 그리고 한 사람은 외국인이다.

"천변 오리 씨 친구시죠?"

은발의 한국 여자가 활짝 웃으며 물었다.

"네?"

나는 무슨 말인지 바로 알아듣지 못한 채 서 있다가, 현진의 블로그 닉네임이라고 생각했다. 옆에 있는 외국인 여자도 한국말을 이해했는지 따라 웃었다.

"천변 오리 씨가, 제 블로그 열성 구독자이시죠. 포스팅 올리면 늘 댓글도 다시고. 멀리에서 온 친구라길래 이렇게 한 분 더 모셔왔어요. 혹시 한국말 서툰 분이 오실까 봐."

은발의 여자가 친절하게 설명했다. 그러고 보니 블로그에 올라온 사진 속 그 얼굴이다. 나는 그제야 이 모든 상황을 알아차렸다. 우리의 대화를 옆에서 지켜보고 있던 여자가 내게 눈인사를 했다. 나보다 훨씬 연장자처럼 보이는, 동양인보다 검은 피부, 큰 체형, 심한 곱슬머리. 흑인 혼혈 같았다.

"반가워요, 리사예요."

어눌하지만, 한국말로 자신을 소개해서 조금 의아했다. 은발의 여자가 내 의아함을 알아차린 듯 리사를 소개했다. 과학 선생님이라고 했다. 이 학교에서 과학을 가르치는 사람인 줄 알았는데 미국에 있는 고등학교 선생이라고 말해서 의아함이 커졌다.

"우린 자주 만나서 오랜 친구 같아요. 그렇지요, 리사?"

은발의 여자가 리사와 팔짱을 끼며 밝은 목소리로 물었다. 리사가 환한 미소로 고개를 끄덕였다. 나는 현진이 언급한 포스팅을 떠올리며 둘이 내 앞에 나타난 이유를 짐작했지만 리사의 등장은 전혀 예상하지 못한 일이어서 조금 어리둥절했다. 은발의 여자가 이 정도에 놀라면 안 돼요, 하고 말해서 호기심이 일었는데 더 이상의 설명은 없었다.

은발의 여자는 이 학교에서 국사 과목을 가르치다 정년을 마쳤으며, 지금은 지역의 한국 근현대사를 조사하고 집필하는 일을 한다고 자신을 소개했다. 미국에 소개할 특정 자료가 필요하면 공유할 수 있다고 내게 말했다. 내가 미국에 있는 잡지사에서 일하는 사람이라고 현진이 설명한 모양이었다. 나는 지극히 개인적인 이유로 이곳을 찾아왔으며 필요한 자료가 있다면 언제든 부탁하겠다고 했다. 리사가 '개인적'이라는 말을 알아들은 듯 관심의 눈빛을 내게 던졌다. '혹시 당신 입양인?' 그런 질문이 담긴 눈빛이었다고 말할 수도 있을 것이다.

은발의 여자는 건물의 변천사를 짤막하게 내게 설명했다. 말을 빨리하는 습관이 있는 것처럼 보였다. 게다가 남도 사투리 억양까지 있어서 종종 단어의 뜻을 놓쳤지만 맥락을 이해하는 데 문제가 될 정도는 아니었다. 블로그에 올라온 포스팅들을 미리 읽고 온 게 도움이 되었다. 은발의 여자가 자기는 다음 일정이 있으니 내부 관람은 리사가 안내할 거라고 말했다.

*

"난 전문 가이드가 아니에요. 여기 여러 번 와서 이곳에 대해 좀 알고 있는 정도죠."

우리는 자연스럽게 영어로 대화를 나누며 건물 입구를 향해 걸었다. 언어의 도구만 바꿨을 뿐인데, 한국어로 대화하며 느꼈던 어색한 감정이 순식간에 사라져 놀라웠다. 나는 노아의 얘기를 짧게 들려주고 방문 목적을 먼저 말했다. 그게 순서 같았다. 리사는 내가 하지 않은 말까지 이해하려는 듯 진지한 표정으로 들어주었다. 힘든 얘기를 들려줘 고맙다는 말도 잊지 않았다.

"나도 입양아 출신이에요."

리사가 마치 자신은 남들이 경험해보지 못한 걸 경험한 특별한 사람이라는 듯 말했다. 그러나 한편으로는 그런 게 무슨 상관이냐는 듯 무심하고 일상적인 목소리였다. 자신을 소개하는 데 제일 먼저 그 사실을 밝히는 게 이미 몸에 밴 듯 자연스러웠다.

리사는 계단을 하나씩 밟을 때마다 자신의 얘기를 내게 들려주었다.

"풍족한 가정에서 컸죠. 운이 좋았어요."

"엄마는 한국인, 아빠는…… 흑인이겠죠? 당연히. 피부색을 내게 증거처럼 남겨주었으니까요."

"한국을 처음 방문한 건 20년 전쯤이죠."

"그 후 가끔 이곳에 왔어요. 많은 조사 끝에 내가 이곳에 있던 고아원 출신일지도 모른다는 생각이 들었어요. 아니, 사실 확실한 근거는 없어요."

"그래도 그냥 그렇게 믿고 싶더라고요. 나의 '처음'을 찾아 헤

맸던 긴 시간과 작별하고 싶었나 봐요. 그래서일까요? 이곳에 오면 마음이 편안해져요. 풍경도 멋지고."

"누군가의 손을 잡고 이 돌계단을 올랐을 것만 같은, 그런 이미지가 어렴풋이 떠올라요. 그런 상상을 하는 순간의 아련함이 좋더라고요. 그런 추억을 갖고 싶었던 바람이었을까요?"

리사의 인생을 요약해 들은 것만 같았다. 나뭇결이 그대로 살아 있는 현관문 앞에 이르렀을 때 나는 이미 그를 오래 알고 지낸 기분마저 들었다. 리사는 나를 자신의 집에 초대한 사람처럼 익숙하게 손잡이를 돌린다. 끼익 ─ 소리를 내며 문이 열렸다.

오래된 나무와 책 그리고 철 지난 옷을 떠올리게 하는 깊고 눅눅한 냄새가 코를 스쳤다. 건물의 나이를 짐작하기에 모자람이 없는 흔적이었다. 바깥보다 내부 공기가 더 서늘했다. 습기를 방지하기 위해 저온을 유지하는 듯했다. 걸음을 옮길 때마다 원목 바닥이 조금씩 삐거덕거렸다. 사람들은 떠났어도 건물은 살아 있다는 말처럼 들렸다. 나는 그 소리가 좋아서 천천히 발을 떼며 귀 기울였다. 1층은 생활유물전시실처럼 꾸며져 있었다. 직사각형 모형의 커다란 창문이나 높은 층고가 자연스럽게 미국 동부 지역의 고택들을 떠올리게 한다. 리사는 페인트칠이 군데군데 벗겨진 6인용 식탁 앞에서 걸음을 멈추고 나를 바라보았다.

"아내를 결핵으로 잃고 한국에 혼자 남게 된 선교사가 살던 곳이래요. 아주 오래전, 한국이 가난할 때."

나는 그들의 삶보다 노아와 관련 있을 만한 것들이 더 궁금했다. 선교사들의 훌륭한 삶은 내가 아니더라도 널리 전파되고 기록될 것이다. 지금 내 앞에 서 있는 리사의 생에 대해 더 알고 싶은 충동도 비슷한 이유였다.

"리사라는 이름은⋯⋯. 실례가 안 된다면, 누가 지어줬나요?"

"양부모님이요."

내가 고개를 끄덕이자 리사는 한국 이름도 있다고 말했다.

"미순. 누가 지어줬는지는 몰라요."

"친근한 이름이네요. 제 연인은 '남자아이-1'이라는 이름으로 입양되었다고 들었어요."

리사가 바로 이해하지 못하고 고개를 갸우뚱하더니 이내 눈을 질끈 감았다 뜨며 끄덕였다. 나는 따로 긴 설명은 하지 않았다. 리사가 충분히 상상할 수 있는 상황일 것만 같았다.

"혹시 그가 스쳐 갔던 곳이 여기가 아닐까 싶어서, 여기 오면 그를 만나는 기분이라도 느낄 것 같아서 이렇게 무작정 내려왔어요."

오늘 처음 만난 사람에게 힘든 마음을 고백하듯 말했다. 이토록 쉽게 입이 열리다니. 평소의 나답지 않았다. 만약에 내가 노아를 만나지 않았다면, 노아가 그런 결정을 내리지 않았다면, 그리고 리사가 입양아라고 먼저 고백하지 않았다면 일어나지 않을 일일 수도 있었다. 어떤 상처나 고백은 그 자체로 타인의 마음을 무장해제시키는 힘도 숨기고 있는 것만 같았다.

"그런 이름이었다면, 아기였을 때 입양되었겠군요."

리사가 그 시절 한국의 입양 환경에 대해 잘 알고 있다는 듯 담담하게 말했다. 한국에서 태어났지만 한국에 기록을 남기지 않았거나, 실수로 기록이 삭제되었거나, 영문으로 번역되는 과정에서 벌어진 오류였거나, 누군가에 의해 의도적으로 버려진 아이거나, 혹은 의도적으로 출생 자체가 은폐된 채 보내진 아이일 가능성도 있다고. 너무도 다양한 노아의 '가능한 불행'에 대해 듣고 있자니 망연할 따름이었다.

2층에는 어떤 이야기가 기다리고 있을까. 나는 리사의 안내를 받으며 계단을 올라갔다. 반질반질 윤이 나는 가파른 목조 계단을 밟을 때마다 긴 세월에 지친 숨소리처럼 삐걱 소리가 희미하게 들렸다. 계단을 다 오르자 크고 작은 사진 액자들이 빼곡하게 걸려 있는 흰 벽에 시선이 닿았다. 비슷비슷하게 생긴 아이들. 눈가를 찡그리거나, 치아를 다 드러내놓고 웃거나 불만이 있는 듯 입술을 삐죽 내민 표정들. 저들은 모두 어디로 갔을까. 어린 노아가 있을 리 없는데 나는 사진들에서 눈을 떼지 못했다.

"이곳에 있는 사진들은 모두 한국교회사 아카이브에 저장되어 있어요. 오래된 사진은 오래된 일일 뿐이지만요."

리사의 목소리가 나를 불렀다. 나는 목소리를 따라 뒤돌아섰다. 서재처럼 보이는, 1층보다 조금 조도가 낮은 방이 보였다.

리사가 두꺼운 책들이 꽂혀 있는 책장 옆 벽면에 붙어 있는 포스터를 바라보고 있었다. 나도 그 앞으로 다가갔다. 이 장소의 변천 과정과 선교사들의 업적이 순서대로 나열되어 있었다.

노아를 떠올릴 만한 기록이나 사진은 눈에 띄지 않았다. 남겨진 기록들은 어딘가에 잘 정착된 사람들의 흔적일지도 몰랐다.

"모든 게 전쟁 때문일지도 모르죠."

전쟁이라뇨? 그건 너무도 오래전 일 아닌가요? 그런 생각이 먼저 스쳤다. 나는 리사의 말을 더 듣기 위해 귀를 기울였다.

"기억에도 없는 엄마의 얼굴을 상상하곤 했어요. 그리움 같기도 하고 원망 같기도 한 그런 감정들이 언제나 멈추는 지점이 있더라고요. 만약에 한국에 전쟁이 일어나지 않았다면. 그런 가정을 하게 되는 순간, '엄마'라는 이름으로 살게 된 한 여인의 삶을 시대와 연결 지어 사유하게 되더라고요. 결론은 늘 비슷했죠. 우리 엄마는 손가락질받을 이유가 없다. 지금의 나보다 훨씬 더 불행했을 뿐이다,라고요."

리사의 목소리는 한 치의 흔들림도 없었다. 그러나 차오르는 감정까지 숨길 수 없었던지 물기 어린 눈가가 반짝 빛나는 걸 나는 놓치지 않았다.

"노아가 남자아이-1이라는 이름을 가진 연유도, 거슬러 올라가면 당신이 말한 그런 지점으로부터 완전히 자유로울 수 없겠군요."

나는 이제야 새로운 사실을 안 사람처럼 말했다. 노아의 불행에 대해 리사처럼 폭넓게 사유할 마음의 여유조차 없었다는 고백도 했다. 리사가 다정한 미소를 띠며 그런 나를 바라보았다. 노아의 흔적을 찾지 못해도 실망하지 말라는 당부의 눈빛이었다. 실망을 각오하고 왔다. 리사도 이미 오래전 경험한 감정일 것만 같아 위로되었다.

*

"이곳에 '유년의 집'을 만들고 싶어요."

나는 리사의 말을 금방 이해하지 못했다. 유치원이나 어린이집을 설립한다는 얘기일까?

"나와 비슷한 상황에 놓여 있는 사람들을 위해, 아니 나를 위해, 이제 다른 방법으로 결핍과 상처를 치유하고 싶다는 생각이 들었어요."

리사는 이제야 하고 싶은 얘기를 들려주려는 듯 자세를 바로 했다. 내가 호기심에 이곳을 방문한 외지인이었다면 꺼내지 않았을 이야기 같았다. 그는 200여 명이 넘는 입양아가 자신의 뿌리를 찾고 싶어 한국에 머무르고 있다는 기사를 우연히 접하게 되었다는 얘기부터 꺼냈다. 그 기사는 나도 읽은 기억이 났다.

"그때부터 시작된 생각이죠."

리사는 자신의 결핍과 상처를 어떻게 과학적인 방법으로 치유할 수 있을지 오래 고민했다고 말했다. 밤에는 대학원에 다니면서 공부를 했고, 뇌인지공학 연구원이 이끄는 증강 현실 연구 모임 회원이기도 했는데, 작년부터 독자적으로 작은 프로젝트를 이끌면서 근무하던 학교에 1년 휴직 신청을 했다고 말했다.

"기억이 기억을 치유하는 프로젝트라고나 할까요."

나는 여전히 아리송했다. 나의 반응을 이해한다는 듯 리사가 내게 질문을 던졌다.

"입양아의 가장 큰 상처가 뭘까요? 멀리 갈 필요도 없이, 노아와 나의 경우만 생각해봐요."

"버려졌다는……."

"맞아요. 내 모든 상상은 그 상처에서부터 시작되었다고 해도 과언이 아니죠. 자신의 '처음' 혹은 '뿌리'를 모르는 결핍도 있겠지만요."

나는 점점 흥미를 느꼈다. 어떻게 인간의 심리적 결핍을 과학적인 상상력으로 치유할 수 있을지 몹시 궁금했다.

"그러니까, 한 인간이 태어나 가족과 함께 살다 성인이 되어 스스로 걸어 나가는 집을 가상공간에서 체험하게 하는 거죠."

"버려진 게 아니라 스스로 걸어 나가는 집이라고요?"

"그렇죠. 건강하게 다음 스테이지 삶 속으로 스스로 걸어가는 거죠. 말하자면, 자발적 독립 혹은 건강한 유년기 졸업식이라고나 할까요? 그 순간을 체험하게 하는 거죠. 돌잔치부터 입학, 졸업, 크리스마스, 여행, 하지 못했던 혹은 하고 싶었던 일상을 가족과 함께 체험하고 공유하며 성장하는 집. 그게 내가 꿈꾸는 유년의 집이에요. 두 시간 길이의 영화 한 편 보듯 유년의 집을 체험하는 거죠. 더 넓은 세상을 향해 주체적으로 떠나는 거죠. 버림받은 기억을 선택의 기억으로 환치하는 것. 가상공간에서의 체험으로 가능하게 만들고 싶어요."

두 볼이 붉어질 정도로 리사는 열과 성을 다해 설명했다. 과학 시간에 발표하는 학생처럼 흥이 나 있었다. 나는 내가 알고 있는 모든 지식을 동원해 그녀의 얘기를 들으며 고개를 끄덕였지만, 자칫 거짓 화해나 치유의 행위처럼 느껴질 수도 있을 거라는 염려도 생겼다. 어쩌면 나는 과학적인 방법보다 한 인간의 의지가 인간의 상처를 치유하는 데 더 효과적이라고 믿는 사람일지도 몰랐다.

"홀로그램을 통해서라도 그리운 사람과 만날 수 있다면 병적인 그리움이 좀 가실까요?"

나는 가장 궁금한 질문을 먼저 던졌다. 그렇게라도 노아를 한 번 더 만날 수 있다면. 단순히 그런 상상만 했을 뿐인데 갑자기 눈가가 불에 덴 듯 뜨거워졌다. 순간적으로 몹시 간절한 마음이 열기처럼 달아오르는 게 느껴졌다. 그러다 나는 멈칫했다.

"두 번의 이별을 감당할 자신이 없을 것 같아요."

나는 고개를 저었다. 그것만은 정말 다시 경험하고 싶지 않다고.

"본의 아니게 상처를 건드렸군요. 미안해요. 사실 미셸은 조금 다른 경우죠. 거기까지 깊이 생각하지 못했어요. 현재는 입양아들을 염두에 둔 프로젝트로 방향을 잡고 있어요. 혹은 실종 아동을 둔 부모들을 위한 것이기도 하고요. 결핍이나 그리움도 일종의 내현 기억인데, 해마와 내측 측두엽이 담당하고 있는 외현 기억을 더 활성화해서…… 아, 미안해요. 참, 이건 직업병도 아니고……."

리사가 두 손으로 앞머리를 살짝 움켜쥐고 흔들었다.

"버려진 게 아니라 스스로 선택해 걸어 나오는 행위를 체험하게 만드는 거. 그게 제가 꿈꾸는 결과예요. 사람들은 묻겠죠. 그 차이가 클까요? 저도 아직 체험하지 못했으니 확언할 수 없지만, 당연히 크겠죠. 적어도 저의 경우엔 그런 체험을 할 수 있다면, 아니 오래전에 했었다면 훨씬 긍정적인 사람으로 성장할 수 있었을 것만 같아요."

"당신은 지금도 충분히 긍정적인 사람처럼 보여요."

나는 리사를 바라보며 말했다.

"고마워요."

리사가 희미하게 웃는다. 꼭 그렇지만은 않다는 듯.

"멋진 계획이에요……. 그런데 노아처럼 부모의 얼굴을 전혀 기억하지 못하는 사람은 어떻게 가족을 이루죠? 비록 가상공간이겠지만."

나는 노아가 태어나고 멋진 청년으로 성장해 집을 나서는 장면을 그려보다 난감한 듯 물었다. 리사는 이미 그 문제를 예상했다는 듯 바로 대답했다.

"젊은 부부들이 미래의 아기 얼굴을 상상하고 3D로 만들어낼 수 있듯, 어릴 때부터의 사진을 토대로 이목구비 특징을 분석하고 수집해 저장한 다음, 선대들의 얼굴을 역추적하면 충분히 가능할 것 같아요."

나는 고개를 끄덕였다. 그 짧은 순간에도 노아의 사진 가운데 어떤 것이 가장 어릴 때 찍은 것인지 기억을 더듬고 있었다. 초등학교 때 크리스마스 발표회에 단체로 찍은 사진을 본 기억이 났다. 유일한 동양인이어서 금방 눈에 띄었던.

선교사 가옥 근처에 가상공간 스튜디오를 개관하는 게 꿈이라고 리사가 말했다. 그래서 이곳을 자주 온다는 말도 덧붙였다. 이곳에서 떠오른 발상이기 때문이라고 했다. 유년의 집을 방문하고 싶은 사람들의 사연을 담아 맞춤식 치유 공간을 만드는 데 힘쓰며 여생을 보낼 계획이라고. 응원해달라며 수줍게 웃었다.

"그래서 먼저 내 사진들을 이용해 홀로그래피 메모리 기술을 접목해 계속 시험하고 있어요. 그런데……."

리사가 양미간을 찌푸린다.

"내가 혼혈이라 그런지, 그렇게 만들어진 엄마 얼굴은 아무래도 한국 사람 같지가 않더라고요. 내 기술적 한계일 수도 있고, SF 공간에서도 운명은 존재하는구나, 이런 생각도 했죠."

"과학도인 당신이 운명이란 말을 쓰다니 놀랍군요."

리사가 내 말에 생각에 잠긴 표정을 지었다.

차임벨 소리가 무겁게 가라앉으려던 공기를 가르고 우리의 대화 속으로 파고들었다. 점심시간을 알리는 것일까. 아이들의 웃음소리도 뒤따라 들린다. 작고 침침했던 공간이 잠에서 깨어난 듯 반짝 생기를 되찾는 것만 같다.

"여름 숲에 간 적이 있어요."

차임벨 소리도 아이들의 웃음소리도 잦아들었을 때 리사가 말했다. 과학과 운명이란 두 단어를 오래 곱씹다 생각난 얘기 같았다.

"여름의 정점인 어느 날이었어요."

리사가 내게 손바닥을 먼저 펼쳐 보였다. 손등과 손목 안쪽 피부 빛에 비해 붉은 기가 도는 흰 손바닥이 나를 바라보았다.

"늘 보던 건데, 그날따라 내 손바닥이 유난히 하얗게 보여서 기분이 이상한 날이었죠."

*

리사는 백인 부부와 그들의 두 자녀가 있는 집으로 입양되었다. 그는 양질의 교육과 넉넉한 환경 덕분에 입양아가 흔히 겪는 부정적 감정을 거의 느끼지 않았다고 고백했다. 적어도 그날까지는.

양부모는 주로 교육용 학습 자재를 교육기관에 납품하는 사업가였는데, 정치에 입문하는 꿈을 평생의 목표로 갖고 있었다. 사람들은 딸 둘인 집에, 피부색도 다른 딸 하나를 입양해 키우는 부부를 존경했다.

여름이면 그 가족들은 약 2개월간 별장에서 지냈다. 리사는 대도시를 떠나 짙은 녹색에 둘러싸인 그곳에서 보내는 계절을 좋아했다. 그날도 가족들과 근처 호수로 피크닉을 갔다가 별장으로 돌아왔다. 무심코 지나쳤던, 책장에 놓여 있는 가족사진 액자를 그날은 유심히 보게 되었다. 일곱 살 때의 일이었다. 리사가 입양되기 전에 찍은 사진이었다. 그를 뺀 나머지 가족들 얼굴만 있는, 그가 없어도 완벽하게 행복해 보이는 사진이었다. 자신이 네 살 때 입양되었다는 사실은 알고 있었지만, 그 사진만큼 그 사실을 구체적으로 보여주던 순간은 없었다. 도시에 있는 본가 거실에 걸려 있는 커다란 가족사진은 다른 사람들을 위한 전시용이었을까. 그런 생각이 든 건 처음이었다. 사업 관계를 맺고 있는 사람들, 같은 교회에 다니는 교인들이나 정치인들도 들락거리는 장소에서 그는 공인된 가족 구성원이었는데 정작 가족들만을 위한 공간에 놓인 가족사진 안에 그는 없었다. 어떤 것이 진짜 가족을 의미하는 사진인지 헷갈렸다.

가족들이 낮잠을 즐길 동안 리사는 별장 밖으로 나왔다. 두렵고 서운한 감정이 뒤섞였다. 부당한 대접을 받고 있다는 생각도 들었다. 그런 감정은 처음 느껴보는 것이었다. 혼란스러운 감정의 정체를 정확히 파악하기에 어린 나이였다. 눈을 뜰 수 없을 정도로 햇볕이 강렬했다. 모자도 선글라스도 갖고 나오지 않았다. 볕에 그을려도 그만이라고 생각했다. 문득 자신의 손바닥과 발바닥 피부 빛이 떠올랐다. 남이 쉽게 볼 수 없는 작은 부분만 '보통'의 피부색이라는 사실이 장난 같았다. 언덕을 내려와 숲을 향해 걸었다. 근처에서 가장 평화롭고 아름다운 숲이라고 어른들이 말하는 곳이었다. 녹음이 짙은 그 숲에 들어가면 답답함이 풀리고 마음이 안정될 것만 같았다. 머리 위에 태양이 이글거렸다. 숱 많은 검은 곱슬머리도 빛의 강렬함을 막아주지 못했다. 언니들과 달리 입술도 투박하고 두툼하게 느껴져 떼어내버리고 싶었다. 등에 땀이 솟았다. 가깝게 보였던 숲은 생각보다 멀었다. 나무가 빼곡하게 들어찬 숲은 서늘한 기운을 내뿜으며 더위에 지친 어린 그를 유혹했다.

숲은 생각보다 다정하지 않았다. 굵은 몸통의 나무들은 건물의 기둥처럼 보였고 커다란 나뭇잎들은 하늘을 가리고 빛을 차단했다. 밖은 대낮인데 안은 여름 한낮의 숲이라는 게 믿어지지 않을 정도로 어두웠다. 밖에서 볼 때와 딴판이었다. 앞으로 그가 맞닥뜨려야 할 세계가 그럴지도 몰랐다. 불길한 예감은 지독한 냉기처럼 온몸을 휘감으며 파고들었다. 민소매 짧은 원피스를 입은 팔뚝과 다리에 으스스 소름이 돋았다. 아름답고 평화로운 공간에 들어서면 마음이 편해질 거라는 기대마저 얼어붙었다. 뒤돌아서서 뛰기 시작했다. 손가락만 한 가시들이 팔뚝을 긁었고 튀어나온 뿌리에 발이 걸려 휘청거렸다. 갑자기 숲에 나타난 방문객에 놀란 새들이 푸드덕거리며 울었다. 켜켜이 쌓인 마른 풀과 나뭇잎들과 검붉은 흙이 뿜어내는 냄새가 독성을 품은 듯 눈을 찔렀고 발목이 쑥쑥 빠졌다. 그는 울음과 비명을 함께 터트리며 전속력으로 뛰었다.

*

"숲에 들어서면 그때의 감정이 밀려와요. 밖에서 바라볼 때 평화로운 세계가 안으로 들어가면 다를 수도 있다는 걸 어렴풋이 깨달았죠. 그날 이후 집, 가족, 핏줄. 그런 것에 대해 생각하게 되었죠. 내겐 큰 공부가 되었지만, 그때 숲에서 내가 느꼈던 공포는 등골이 서늘할 정도였어요. 푸르름이 나를 압도했던 순간의 기억이 떠오를 때면 잠결에도 숨통이 조여오는 듯해요. 고작 일곱 살 때의 일이었는데."

"기억하는 나이잖아요."

나는 노아와 나눴던 대화를 떠올리며 말했다.

리사가 테이블에 놓여 있는 리모컨을 쥐고 일어섰다. 실내 전등을 모두 끄고 커튼을 내리더니 다큐 영상물이 있다고 말했다. 나는 호기심을 갖고 스크린을 바라보았다. 오래된 흑백사진들이 천천히 지나갔다. 사진 속 선교사 부부는 지금의 나보다 더 젊어 보였다.

리사와 나는 아이들이 담벼락 근처에 모여앉아 햇볕을 쬐고 있는 모습과 여럿이서 식탁에 둘러앉은 모습과 율동과 기도하는 표정들을 말없이 지켜보았다. 아마도 나는 노아의, 그녀는 희미한 자신의 유년기를 상상하는 시간이었을 것이다.

"아이들 모습이 왜 모두 비슷비슷해 보일까요?"

리사가 내 질문에 웃는 것 같았다. 그와 비슷한 질문을 누군가에게 던진 적이 있다는 듯.

"같은 음식, 같은 머리 모양, 비슷한 옷 그리고 무엇보다도 같은 결핍을 안고 있어 그렇게 보이겠죠……."

리사의 말이 채 끝나기도 전에 스크린을 가리키며 내가 소리쳤다.

"아, 잠깐, 저 아이……."

나는 스크린 속 흑인 혼혈아처럼 생긴 어린 여자아이를 가리키며 리사를 바라보았다. 빔 스크린에서 반사된 불빛이 리사의 얼굴 위에서 흔들렸다.

"나도 처음엔 저 아이가 나일지도 모른다는 생각을 한 적이 있었죠. 솔직히 소름이 끼칠 정도로 전율했어요. 그런데 사진 아래 1960년이라고 적혀 있더군요. 적어도 나보다 4~5년 일찍 태어난 아이일 거예요. 여러 번 이 다큐를 봤는데, 볼 때마다 여전히 기분이 이상하긴 해요. 가끔 사진 속 저 아이를 생각해요. 어딘가에서 살아가고 있겠죠."

리사가 다시 전등 스위치를 켜고 커튼을 올렸다. 푸른 하늘이 더 푸르게 보였다. 텅 빈 운동장이 눈에 들어왔다. 처음부터 비어 있던 공간처럼 휑했다. 먼 곳을 헤매다 왔는데 아무것도 손에 쥔 건 없었다. 현재의 시간마저 낯설게 느껴졌다.

우리는 1층과 2층을 오르락거리며 창문이 잠겼는지 불이 다 꺼졌는지 꼼꼼히 확인하고 현관문을 닫고 나왔다.

"만약에 입양되지 않고 한국에서 계속 살았다면?"

그런 상상을 해본 적이 있느냐고 리사에게 물었다. 리사는 자신에게 숱하게 던졌던 질문이라는 듯 고개를 가만가만 끄덕이며 계단을 밟았다.

"그 하나의 질문은 내게 여러 질문으로 다가와요. 가령, 한국에 전쟁이 일어나지 않았다면? 아버지가 한국인이고 엄마가 흑인이었다면? 만약에 내가 백인 혼혈아로 태어나 입양되었다면? 등등이요."

리사의 낮은 목소리가 계단을 타고 내려갔다. 자신에게 닥쳤을지도 모를 불행의 가능성에 대해 평생 사유하며 살았다는 말처럼 들렸다. 자연스럽게 대화를 이끌려고 던진 질문이었는데 제법 심각한 방향으로 흘러가는 것 같았다.

"기지촌에서 태어난 혼혈아들 가운데 양공주의 자식이라고 손가락질받으며 컸던 아이들이 많았다고 들었어요. 누군가는 그런 이름을 떼어내기 위해 발버둥치며 살았을 테고, 편견으로 들끓는 바깥세상이 오히려 더 무섭다며 한 발짝도 움직이지 않고 주저앉은 사람도 있었겠죠. 누군가는 삶을 포기할 수도 있겠고. 알코올이나 약물 중독자가 될 수도 있겠고. '엄마'의 삶에서 크게 벗어나지 못하고 살아가던 딸들도 있었을 테죠. 나도 그렇게 살 수 있었다는 가정에서 벗어날 수 없어요. 질문에 대한 내 대답이에요."

"엄마의 삶이라뇨? 유흥업소 종사자들을 말하나요? 엄마가 그런 삶을 살다 자신을 낳았다고 상상한다는 건 자학 아닌가요?"

"하하. 지금 농담하는 거죠? 자학이라뇨? 확률과 통계와 역사를 통해 충분히 발생 가능한 경우를 얘기했을 뿐이에요. 내가 태어난 사회적 환경에 대해 미화할 마음도 폄훼할 마음도 없어요. 적어도 나의 기원이 어디일까에 대한 대답이 그 시대의 보편적인 사실에서 벗어날 수 없다고 말했을 뿐이에요."

리사는 단호했다. 불행의 이유에 대해 관대해질 이유 따위는 없다고 말하는 사람 같았다.

"그런 점에서 나는 행운아인 셈이죠. 입양이 내 일생일대의 축복 같은 기회였다는 마음엔 변함없어요. 운 좋게 넉넉한 집안에, 좋은 대학에, 안정적인 직업도 가졌죠. 입양되지 않고 한국에 살았다면 내가 과연 지금 같은 삶을 누릴 수 있었을까요? 나는 아니라고 생각해요. 한국전쟁의 상처로 남은 흑인 혼혈아를 거둔 내 양아버지는 완벽한 휴머니스트 이미지를 얻었고 평생 소원이었던 정치판에 무사히 안착했죠. 우리는 결국 윈윈한 셈이죠. 씁쓸함은 각자의 몫이고."

리사가 계단에 걸터앉겠냐고 내게 물었다. 할 말이 많은 모양이었다. 그녀는 계단 난간에 앉았고 나는 맞은편 벽에 등을 기대고 섰다. 햇볕에 따뜻하게 데워진 돌벽이 등에 닿자 복잡했던 마음이 풀리듯 편안해졌다. 운동장은 여전히 조용하고, 아이들은 교실에서 역사 공부를 하고 있을지도 모를 일이었다.

"모르긴 해도 노아도 생전에 여러 방법으로 자신의 흔적을 찾으려고 했을 거예요. 당사자도 못 찾는데, 미셸 혼자 뭔가를 찾을 수 있을 거라는 기대는 말아요."

"이런 여정 자체가 노아에 대한 애도예요. 그러면 충분해요."

나는 울컥해서 한마디 했다. 리사는 내 상처를 건드릴 마음은 없었다고 말했다. 나는 괜찮다고 고개를 저었다.

"누구의 결정에 따라 내가 입양아가 되었을까 가끔 상상하곤 했죠. 누가 봐도 미국에 더 어울리는 외모였으니, 해외 입양 가능성을 기대했을 것만 같아요. 내 생모가 내게 베푼 마지막 모성애 같은? 좋게 해석하자면. 내 생모가 그 어떤 기대를 품었든, 나는 그 이상의 행운을 누렸다고 장담할 수 있어요. 그렇다고 해서 내가 노아가 느꼈을 결핍과 불안과 적대감을 느끼지 않고 살았을 거라는 오해는 하지 말아요. 오히려 더 느꼈을지도 모르죠. 나는 두 나라 어디에서도 온전히 환영받지 못했으니까요. 한국에서 태어났지만, 대놓고 한국 사람이라고 말할 수도 없으니까요. 내가 백인 남자와 결혼했을 때 어떤 이들은 내가 대단한 사회적 성취라도 이룬 것처럼 말하기도 하더군요. 농담처럼 던지는 말이었지만요."

리사가 씁쓸하게 웃었다. 하고 싶은 말이 많았다는 사실에 자신도 놀라고 있는 표정이다. 짧은 만남인데도 불구하고 우리가 깊은 대화를 나눌 수 있다는 게 놀라웠다. 우리가 여자라서? 내가 묻자, 리사는 한국이라는 공통점이 아마도 더 큰 역할을 했을 거라고 대답했고, 이민자로 산 경험도 한몫했을 거라고 내가 덧붙이자, 우리가 통과한 그 모든 상처의 합작품일지도 모른다고 리사가 말했다.

"20여 년 전 한국을 처음 방문했을 때, 사람들이 나를 보던 시선을 잊을 수가 없어요. 나를 통해 내 엄마의 사회적 신분을 상상하던 눈빛이라고나 할까요. 연민보다 동정에 가깝다고 할 수 있는. 나는 동정과 연민의 미묘한 차이를 아주 잘 알죠. 동정은 물론이고 연민의 대상이 되고 싶은 마음도 전혀 없지만요. 지금은 혼혈아에 대한 편견이 많이 사라졌지만, 내가 통과한 시대는 그렇지 않았어요. 어딘가에서는 여전히 현재진행형이고요."

리사는 잠시 생각에 빠진 표정으로 나를 바라보았다. 미안해요, 노아를 애도하러 온 사람에게 내 얘기만…… 혼잣말처럼 중얼거렸다. 나는 고개를 저었다. 노아를 더 이해하게 되었다고. 정말 그렇다고. 노아도 그렇게 느꼈을 거라고.

"그런데……."

나는 아까부터 묻고 싶은 말을 그제야 조심스럽게 꺼냈다.

"선교사 부부가 죽고 나서 고아원 운영은 바로 중단되었나요? 고아원 연혁을 보니 그 뒤로도 운영이 좀 이어진 것 같던데요."

"저도 그 부분을 조사했는데, 미국에서 온 다른 선교사들이 운영하다가, 점점 고아들이 감소하고, 그건 너무도 다행스러운 일이고요, 진료소로 쓰이다가 학교가 들어서고 전시실로 개조되었고 이제는 이 선교사 가옥만 남아 있어요. 시대 흐름에 맞춘 변화가 아닐까 싶어요."

우리는 교정 정문까지 걷기로 했다. 리사가 들려준 여름 숲에 관한 얘기는 두고두고 잊지 못할 것 같았다. 생명력으로 넘치던 숲이 누군가에게는 폭력의 이미지로 기억될 수도 있다는 사실이 놀라웠다. 나도 한 번쯤 느꼈을 생의 모든 이면에 대한 두려움과 다르지 않을 것도 같았다.

리사가 내게 명함을 내밀었다. 유년의 집에 노아의 기록을 저장하고 싶다면 언제든 연락하라고 했다. 나는 명함을 가방에 넣고 이메일 주소와 핸드폰 연락처가 적혀 있는 내 명함을 내밀었다. 우리는 헤어지기 몹시 서운한 사람들처럼 건물 뒤 숲길을 지나 후문 앞까지 천천히 걸었다. 새벽에 비가 왔다는 게 믿기지 않을 정도로 하늘이 청명했다. 붉게 물들기 시작하는 나뭇잎들은 투명한 햇살 아래 다시 피는 꽃잎처럼 아름다웠다.

서울에 오면 꼭 연락 달라고 리사에게 말했다. 유년의 집이 완성될 날을 고대한다는 말도 남겼다. 노아가 결연한 표정으로 유년의 집을 나서는 장면을 상상했다. 노아가 그런 경험을 할 수 있었다면 그의 생은 어떻게 달라졌을까. 대답할 수 없는 질문이 솟구쳤다.

그러다 나는 엉뚱한 상상을 했다. 리사와의 만남이 어쩌면 노아가 나를 위해 선물한 순간일지도 모른다고. 정말 그런 것만 같다고 리사에게 말했다.

"그럴지도 모르죠. 난 과학을 신봉하지만 죽음 이후의 영적인 세상도 분명히 존재한다고 믿어요."

"리사가 아닌, '미순 언니'라고 한번 불러도 될까요?"

내가 물었다. 수줍음이랄까 기쁨이랄까, 밝은 빛이 리사의 얼굴 위로 빠르게 스쳐 지나가는 듯 환했다.

"오, 언니 좋아요!"

리사가 아이처럼 한국말로 대답했다. 우리는 두 팔을 한껏 벌리고 포옹했다. 짧은 시간이었지만 서로를 알기에 모자람이 없었다. 힘든 기억을 쓰다듬듯 우리는 서로의 등을 쓸었다. 노아의 얘기를 들려줘 고맙다며 리사가 내 뺨에 가볍게 키스했다. 그건 용기 있는 일이라고, 내가 상처에서 한 발짝 벗어났기에 가능한 일일 거라고 북돋아줬다.

"유년의 집 오픈을 기원해요, 미순 언니."

"언젠가는, 꼭."

리사는 자신의 의지를 확인하려는 듯 주먹을 움켜쥐었다.

*

리사가 정문에서 후문 쪽으로 가며 언급한 재래시장은 택시를 타고 오는 길에 보았던 곳이었다. 나는 익숙한 길을 걷듯 과일과 채소를 파는 가게들이 즐비한 골목을 빠르게 빠져나왔다. 마지막 가게 모퉁이를 돌자 약재상 간판이 바로 눈에 들어왔다.

안을 들여다보았다. 주인처럼 보이는 노인이 가게 안쪽에 앉아 약재를 다듬고 있다. 리사의 말대로 오른쪽 귀 옆에 눈에 띌 만큼 큰 혹이 있다. 나는 반쯤 닫힌 유리문을 열고 안으로 들어갔다.

"저 언덕에 선교사 가옥 보러 갔더니, 할아버지 찾아가면 더 많은 얘기가 있다고 그러던데요······. 어르신 얘기 이것저것 듣고 싶어 왔어요."

나는 두 손을 모으고 공손하게 말했다. 백발의 노인이 작두를 만지던 손으로 돋보기를 벗고 고개를 들었다. 버릇인 듯 귀 옆의 혹을 천천히 손으로 쓸었다. 약초 냄새가 허브 향처럼 향기로웠다. 냄새 때문에 한약을 안 먹겠다고 버텼던 유년의 기억이 의심스러웠다. 미간을 모으고 내 얼굴을 천천히 쳐다보던 노인이 굼뜨게 의자에서 몸을 일으켰다. 나는 노인의 거동을 지켜보다 빠르게 가게 안을 훑었다. 커다란 투명 비닐봉지와 플라스틱 통에 약재들이 수북했다. 하수오, 구기자, 산수유, 산도라지, 백복령, 가시오가피, 치커리, 감초, 국화, 첫 녹차······. 한 번쯤 들어봤던 친근한 이름들도 있었다.

"최 선생이 보냈소?"

노인이 내가 서 있는 곳으로 다가오더니 등받이가 있는 회전의자에 몸을 깊숙이 밀어넣으며 물었다. 빨간색 플라스틱 의자를 가리키며 내게 앉으라고 권했다. 최 선생은 은발의 여자를 말하는 것 같았다. 나는 리사에게 들었다고 말했다. 노인이 바로 알아듣지 못해서 미국에서 온······이라고 설명하자, 아, 그 양반! 하고 무릎을 쳤다. 그제도 잠깐 들렀지. 고개도 끄덕였다.

노인이 건넨 차는 쑥 향기가 은은했다. 어린 쑥과 그 뿌리를 말려 약한 불에 오래 달인 차라고 노인이 말했다. 나는 입술을 적시며 차를 홀짝였다. 낡은 벽지의 흐릿한 무늬들이 조금씩 선명하게 깨어나는 것 같은 맛이었다. 노인이 목소리를 가다듬으며 고개를 들었다. 나는 찻잔을 내려놓고 노인을 바라보았다.

"서로 섞이는 약재가 있고 서로 상극인 약재가 있어요. 몸에 좋다고 막 함부로 섞고 그러면 다쳐. 사람도 마찬가지지 뭐, 말도 다르고 제 부모도 아닌데 어떻게 다 잘 섞이겠어. 제 부모랑도 등지고 사는 세상에. 오래 마시던 차를 지금 와서 어디에서 키웠냐, 재료가 뭐냐 어떻게 달였냐 물으면 곤란할 때가 있다고 말하는 거요."

노인은 내가 뿌리를 찾아 한국에 온 입양아인 줄 아는 모양이다. 나는 노아의 얘기를 들려주려다 관뒀다. 노인은 뜻하지 않은 방문객과 함께 차 한잔 나누는 시간이 그리 나쁘지는 않은 것 같았다.

"내가 그 선교사 선생님 밑에서 일하며 공부했소. 선교사가 되고 싶었어. 미국이라는 나라에 가고 싶었으니까. 그렇게 고아원 일도 보게 되었고. 그때는 고아들도 많았고 밖으로도 많이 보냈지. 가끔 정들었던 아이가 떠나면 며칠 마음이 싱숭생숭 힘들기도 했소. 아이의 장래를 위해 잘됐다는 생각도 하고. 그래야 맘이 좀 편했지. 그 아이들을 위해 뭐가 더 옳은 결정이었는지는 지금도 난 몰라. 뭐에 떠밀려가듯……."

노인이 말을 멈췄다. 방금 자신이 내뱉은 마지막 단어를 속으로 곱씹는 표정이다. 노인은 내게 뭔가 물으려다 마른침을 두어 번 삼키더니 찻잔을 들었다.

"이곳을 찾아오는 입양아들이 가끔 있소. 뭐, 컴퓨턴가 인터 넷인가로 서로 정보를 교환했다며 이 약재상을 물어물어 찾아 오는 이들이 좀 있어. 전혀 기억에도 없는 얼굴들이지. 당연히. 그 사람들도 처음엔 작은 실마리라도 찾기를 기대하고 왔다가 조금 실망하는 눈치던데, 그래도 나 같은 사람이라도 만나서 좋 았나 봐. 그런 인연으로 결혼사진도 보내 오는 이가 있고 아이 가 태어나면 아이 사진들도 보내와. 이 인연들을 내가 다 어찌 정리하고 가야 할지 모르겠소. 저, 저어기."

나는 찻잔을 내려놓고 노인이 가리키는 벽을 바라보았다. 얼 핏 봐도 서른 장 정도는 되어 보이는 사진들이 다닥다닥 붙어 있다. 가게 앞에서 노인과 찍은 사진이 대부분이었지만, 미국과 유럽 곳곳에서 보내온 사진들도 꽤 되어 보였다. 나는 몇 장의 사진들을 가리키며 물었다.

"그런데 저 한국 할머니들은 누구예요?"

노인과 비슷한 연배거나 조금 젊어 보이는, 누가 봐도 노년의 한국 여성의 독사진들이 호기심을 자극했다. 사진 아래 전화번 호, 이름까지 적혀 있어 의아함은 더 커졌다.

"자식 찾아온 사람들이지, 뭐. 자식만 부모 찾고 싶겠소?"

아, 나는 손으로 입을 가렸다. 그것까지 생각해보지 못했다는

데에서 오는 작은 탄식 같은 것이었다.

"내가 이거 뭐 하는 노릇인지 모르겠소. 저 많은 사진 가운데 하나도 찾아준 인연이 없으니. 저, 저, 저 할머니는……."

반백의 여자가 가게 안에서 오도카니 앉아 찍은 독사진을 가리킨다.

"아이가 아들인 것만 안대. 처녀 몸으로 아기를 낳았나 봐. 가난한 집안의 딸들이 공장으로 남의집살이로 서울로 서울로 올라가던 때가 있었소. 난리를 겪고 얼마 지나지 않아 끼니만 안 걸러도 감사하던 때지. 오빠들 남동생들 공부시키고 그런 처녀들이지. 어쩌다 아기를 가져 고향으로 내려왔겠지. 난산이어서 거의 죽다 살아났대. 어느 여자가 분만실에서 막 나온 아이를 보고 이렇게 아들 하나 낳고 죽으면 소원이 없겠다고, 제 새끼 보는 것처럼 울길래, 처녀 모친이 데려가 잘 키우라고 아기를 넙죽 건넸다는 얘기도 있고, 낳자마자 죽었다는 말도 들었대. 태어났을 때 울음소리 들었던 거 외엔 아는 게 없대. 당연히 아기 이름도 모르고."

나는 여자의 사진을 다시 바라보았다. 노아와 닮은 곳이라고는 없는 얼굴이었는데 가슴이 뛰었다.

"그런데 저 할머니가 이곳에 와서 찾는 무슨 근거라도 있대요?"

나는 혹시나 하는 기대감으로 물었다.

"근거는 무슨. 고향 근처 고아원이 있었다는 걸 어디에선가 듣고 그냥 오는 거지. 설령 제 새끼를 어딘가에서 만나도 알아볼 수 있겠소? 거의 평생 잊고 살다가 예순 넘어서부터 그렇게 생각이 나 견딜 수 없더래. 그때 들었던 아기 울음소리가 이명처럼 들리고. 살아 있다는 확신이 자꾸 들더래. 가끔 단풍철에 훌쩍 왔다가 가고 그래. 요 몇 년 안 보이네. 죽었나……."

노인이 심란한 표정을 짓더니 굼뜨게 일어섰다. 구석에 있는 작은 냉장고 문을 열고 막걸리를 꺼내 그릇에 따랐다. 나는 사진들이 붙어 있는 벽으로 시선을 옮겼다. 사진 속 여자가 나를 바라본다. 아들의 소식을 기대할 수는 없지만 잊지 않고 있다고, 내게 말하는 것만 같았다.

"여기까지 찾아온 사람들은 그래도 해볼 수 있는 걸 다 해봤으니, 어떤 식으로든지 마음 붙이고 살아가겠지. 안 그렇소? 그러길 바라지 뭐."

노인이 막걸리가 담긴 그릇을 천천히 비웠다. 내 나이를 짐작하려는 듯 미간을 살짝 찌푸리며 바라보더니 그 고아원 출신은 아니라고 확신한 모양이었다.

"뭐가 궁금해서……?"

나는 노인의 질문을 받고 잠시 숨을 골랐다. 뭘 물을까. 뭘. 도대체 뭘. 누굴 위해.

"그냥, 왔어요."

노인이 천천히 고개를 끄덕였다. 그런 사람들이 더러 있었다는 듯.

"누가 뭘 물어보면, 가슴이 쿵쾅거려."

"왜요?"

"대답해줄 만한 게 사실 많지 않아 그렇소. 그들은 누군가 자신의 삶의 일부라도 기억해주길 바라지만 말이요. 그때 그런 사람들을 너무도 숱하게 봐와서 그런지…… 아무튼 그때 기록들도 거의 남아 있는 게 없고. 기록이 남아도 사실인지 아닌지 증명할 방법이 없소. 입양 보내기 위해 고아로 만드는 '고아 호적'까지 있을 정도의 시대였으니까. 부모 없고 나이 어릴수록 입양에 유리했소. 양부모들이 제일 꺼리는 게, 기억하는 나이의 아이야. 그다음 꺼리는 게 부모 다 살아 있고 친척 많은 아이, 그러니 그냥 혈혈단신 버려진 아이처럼 보이게 만드는 게 입양에 제일 유리했어. 나이도, 체형이 작은 아이들은 3~4살 내려 적었으니…… 그렇소. 나도 그런 일을 좀 거들었소. 그래도 그게 죄인 줄 몰랐으니…… 뭐에 떠밀려가듯……"

한 시대를 그렇게 살아온 것이 누구의 탓인지 모르겠다고 노인이 덧붙였다. 떠밀려가듯, 떠밀려가듯. 그 말이 자꾸 내 입술을 건드렸다.

"가끔 미국 선교사들이 고아원에 들렀다가, 두어 명씩 데리고 미국에 가기도 하고 그랬지. 교회나 입양 관련 기관이 끼면 입양 절차도 간단하게 처리됐을 때니까. 선교사들이 직접 제 자식으로 입양해 데리고 간 경우는 극히 드물지만, 좋은 일도 많이들 했소."

노인은 차를 더 줄까 물었다. 나는 고개를 저었다. 그만 일어나겠다고 말했다. 노인이 굼뜨게 다시 의자에서 몸을 일으키며 기다리라고 말했다. 말린 구기자 열매라며 주섬주섬 비닐봉지에 넣어 내게 건넸다. 자신이 할 수 있는 유일한 위로라는 듯.

약재상에서 막 나서려는데 노인이 나를 불러 세우며 길 끝을 가리켰다.

"국밥이라도 먹고 시원하게 속 풀고 가요. 시장 구경도 하고."

내 대답을 기다리지도 않고 노인은 느리게 몸을 돌렸다. 나는 냉장고로 다가가는 노인의 뒷모습을 바라보다 돌아섰다. 스산한 마음으로 방문객을 보내고 노인이 할 수 있는 일이라곤 냉장고 문을 열고 막걸리를 꺼내는 일뿐일 것 같았다.

*

기차 출발까지 한 시간 반이 남았다. 나는 역으로 곧장 가는 대신 재래시장을 둘러보기로 했다. 시장 골목이 울긋불긋하게 보였다. 노인들이 많았다. 그들은 약속이나 한 듯 원색의 얇은 패딩 조끼를 유니폼처럼 입고 여기저기를 기웃거렸다. 전 부치는 냄새, 고기 삶는 냄새 때문에 명절 분위기였다. 유리문 너머로 안이 훤히 들여다보이는 국밥집들이 마주보며 이어졌다. 사람들이 제 몫의 밥그릇에 고개를 숙이고 국밥을 먹고 있었다. 서울역에서 빵과 커피로 간단히 아침을 때운 위장이 요동쳤다. 배는 고픈데 성큼 문을 열고 들어갈 용기가 없었다. 나는 부러 온갖 과일과 고구마나 감자가 담긴 빨란 플라스틱 통이 즐비하게 늘어선 곳을 구경하며 시간을 보내다 결국 시장기를 누르지 못하고 국밥집 앞으로 되돌아갔다.

국밥을 시켰는데 수육 한 접시가 먼저 나왔다. 함께 나온 겉절이가 먹음직스러웠다. 촉촉한 고춧가루 양념이 반들반들해 보였고 참기름 냄새와 마늘 냄새가 위장까지 닿는 듯했다. 입에 침이 고였다. 허겁지겁 수육 몇 점과 겉절이를 집어 먹었다. 눈앞이 환해지는 맛이었다. 옆 테이블에 있던 여자가 나를 힐끗 보는 게 느껴졌다. 여자와 나의 시선이 허공에서 잠깐 부딪치기도 했다. 국밥이 나왔다. 소주잔을 들고 있던 여자의 손이 눈앞에서 어른거렸다. 남자 손이라고 해도 믿을 정도로 투박하고 거무칙칙했다. 이마를 가린 머리는 부스스했고 피곤이 짙게 드리운 눈가가…… 여자가 나를 불렀다.

"한 잔 하시겠소? 안주도 좋은디 얼릉, 한 잔 받으소."

나는 여자가 내민 소주잔을 얼떨결에 받아 홀짝 마셨다.

"짠, 먼저 해야제. 뭐가 급해서. 이것도 인연인디."

여자가 웃으며 한 잔 더 따라주었다. 입보다 눈이 먼저 웃는 웃음이었다. 우리는 어색하게 건배를 했다. 인사의 말을 어떻게 할까 생각하고 있는 사이 여자가 먼저 쓱 일어섰다. 테이블 한편에 놓아두었던 검은색 벙거지를 푹 눌러쓰더니 천천히 계산대로 걸어갔다. 커다란 주머니가 양쪽 다리에 달린 검은색 카고바지가 헐렁하게 허리춤에 걸쳐 있었고 등이 약간 굽은 뒷모습이 조금씩 멀어졌다. 여자도 남자도 아니었다. 모든 것이 다 지나간 사람의 뒷모습이었다. 못 볼 걸 본 사람처럼 나는 얼른 수저로 국밥을 떠 입으로 가져갔다가 이 모든 게 구차하게 느껴져 스르르 다시 수저를 내려놓았다. 여자의 뒷모습이 유리문 밖으로 천천히 사라지고 있었다. 오랫동안 나를 붙들고 있던 감정들이 참을 수 없이 힘든 건 아니었다는 생각이 불현듯 떠올랐다.

다시 오지 않을 도시일지도 모른다는 생각이 들었을 때 나는 돌아서서 시장 골목 끝을 바라보았다. 반쯤 꺾인 허리로 느리게 걷는 노인들 몇이 내가 방금 나온 식당 안으로 들어가고 있었다. 내가 기대했던 그 무엇도 얻지 못했지만 왠지 기대 이상의 것들을 느끼고 만난 것처럼 알 수 없는 충만감이 차올랐다. 리사가 들려준 여름 숲의 이미지가 이 공간과 함께 기억 속에 남을 것이다.

벌레를 밟고, 검은 흙을 쓸며, 빛을 가린 잎들을 스스로 꺾고 리사가 뛰쳐나왔던 그 지점에서 노아가 주저앉았던 것은 아닐까.

144

눈가가 붉게 물드는 것만 같았다. 역으로 가는 길이 뿌옇게 흐려졌다.

이름, 이름들

    현진이 다가와 내 이마에 손을 얹는다. 차가운 손가락과 손바닥의 감촉이 나를 부른다. 막 나락으로 떨어질 것 같던 의식이 깨어난다. 이마는 뜨겁고 어깨는 시리다. 발. 발가락들. 어느 것 하나도 내 의지대로 움직여지지 않는다. 몸의 감각이 사라진 것처럼, 처음부터 움직임을 배워본 적이 없는 것처럼 무기력감이 나를 짓누른다. 그러다 어느 순간 얼음을 디디고 선 느낌처럼 등이 오싹해 부르르 몸을 떤다. 맨발로 어느 삭막한 겨울의 골목이라도 헤매다 온 것일까. 나는 어디를 다녀온 것일까. 누구를 만나고 무슨 얘기를 나눈 것일까. 리사의 얼굴이 스치듯 사라진다. 유년의 집. 성공을 기원해요. 버려진 게 아니라 스스로 걸어 나오는 체험이요. 그래도 난 두 번의 이별은 감당할 수 없을 것 같아요. 미순 언니라고 불러도 되죠? 내 목소리와 리사의 목소리가 현재형으로 들린다. 재래시장의 음식 냄새와 사람들의 활기찬 목소리가 뒤섞인다. 약재상의 노인이 떨리는 손으로 막걸리를 따라 마신다. 뭐에 떠밀려가듯, 떠내려가듯. 노인의 목소리가 어느새 내 목소리로 바뀐다. 나도 이곳까지 떠내려가듯 왔다. 부모를 찾는 아이와 아이를 찾는 엄마. 벽에 걸린 사진들. 여자도 남자도 아닌, 모든 것이 다 지나간 사람의 모습을 남기고 국밥집을 나서던 여자. 거친 손과 구겨진 바지와 굽은 등을 내게 보여주고 사라진 여자가 나는 아니었을까.

나는 이 모든 걸 끌고 서울로 온 것이다. 현진네 빌라 계단에서부터 나는 휘청거렸다. 어딘가에서 오래 싸우고 겨우 살아 돌아온 것만 같았다. 문을 열고 들어와 침대 위에 그대로 널브러졌다. 손가락 하나 까닥할 수 없을 정도로 지쳐 있었다. 살아 돌아왔는데, 지금 살아 있는데 기쁘지도 슬프지도 않았다. 현진이 나를 부르는 소리를 어렴풋이 들었다. 나는 눈을 뜨고 감기를 반복하며 잠 속으로 빠져들었다. 죽이라도 먹자. 현진이 근심스러운 표정으로 나를 바라보았다. 의식은 명료한데 깊은 잠이 나를 놓아주질 않았다. 다리가 점점 깊은 곳으로 빠지는 것 같았다. 바닥에 닿기를. 끝이 있기를. 잠결에도 나는 애원했다. 그곳은 상처조차 무뎌지는 곳이기를 바랐다.

"괜찮아?"

현진의 목소리가 아득하게 들려온다. 내 유년의 친구가 나를 위로한다. 나는 그 사실만으로도 평화롭다. 눈을 뜬다. 사물을 알아볼 수 있을 정도의 빛이 방에 가득하다.

"너 거의 하루 반나절을 내리 잤어."

현진의 근심스러운 얼굴이 나를 바라본다.

"열은 없는 것 같아. 일단 뭐 좀 먹자."

차분한 목소리로 현진이 내 몸을 일으키려고 다가온다. 나는 괜찮다며 이불을 걷고 일어나 앉는다.

식탁까지 걸어가는데 몸이 휘청거렸다. 현진이 나를 부축해 식탁에 앉혔다. 죽과 나박김치가 차려져 있었다. 미안해. 나도 모르게 후드득 눈물이 떨어졌다. 현진이 말없이 내게 수저를 들려주었다.

"급한 일만 보고 다시 들어올게. 그때까지 좀 쉬어."

현진은 내가 죽 그릇을 다 비우는 걸 보고 일어섰다.

*

"노아?"

내 목소리가 여운을 남기며 사라졌다.

분명 노아의 목소리를 들었다. 잠결에도 그의 목소리라는 걸 알고 소스라치듯 놀라 눈을 뜬 것이다. 팔에 잔소름이 돋을 정도로 생생한 느낌이 몸을 휘감았다. 두렵지는 않았다. 나는 침대에서 몸을 일으켰다. 의식은 놀랍도록 차분하고 선명했다. 슬리퍼에 두 발을 막 넣고 일어서려던 순간, 노아와 나눴던 대화가 이제야 내 부름에 답하듯 선연하게 되살아났다.

어떤 사람은 단 한 번 폭력에 노출돼도 삶이 파괴될 수 있대.

한 번?

응, 단 한 번.

한 번 짓밟히면 다시 일어서지 못하는 꽃대 같은 사람이구나.

응. 영혼이 짓밟히는 단 한 번.

영혼이?

응. 영혼이.

영혼이 아프면 다 아픈 거잖아.

다 아픈 거지. 누군가에게는 일상의 놀이가 평범한 누군가에게는 평생 치유할 수 없는 악몽이 되기도 해.

영혼이 치명상을 입으니까?

그래, 치명상. 폭력에 대한 기억은 반복 재생되고 부풀려지고 증폭되는, 아주 무서운 이빨을 가진 놈이거든.

무서운 놈이지.

먹이를 가리지 않고 먹는, 맞아, 아귀, 아귀 알지?

아귀찜, 그 아귀?

응. 그 아귀.

맛있는데…….

맛있지. 아귀는 미끼를 가지고 같은 종(種)을 낚시하는 잔인한 물고기야. 그래서 'Angler Fish(낚시꾼 물고기)'라는 이름을 갖게 된 거지. 제 돌기를 미끼처럼 흔들어 먹잇감을 유인하거든. 순간적으로 큰 입을 쩍 벌려, 한입에 모조리 삼키는 잔인한 놈이거든.

한입에, 그 말 참 섬뜩하다.

폭력도 아귀처럼 큰 입을 가졌어. 자기 스스로 거두지 않으면 인간의 영혼까지 다 갉아먹어도 포만감을 못 느끼는 속성이 있지.

영혼이 없으면…… 그럼, 몸이 살아 있어도 살아 있다고 할 수 없지?

어떤 사람은 고통 속에 생을 마감할 수도 있어.

기억만으로도?

그렇지, 기억은 반복재생되니까.

모든 이들이 폭력의 강도를 똑같이 느끼지는 않겠지?

어떤 사람은 욕 한마디 따귀 한 대도 폭력으로 느낄 수 있고, 또 어떤 사람은 피를 봐야 그렇게 부르는 사람도 있겠지만, 찬 바람이 여린 풀을 먼저 쓰러트리는 이치와 폭력의 근성은 서로 닮았어.

슬프다.

아니, 무서운 얘기야.

나는 두 발을 슬리퍼에 넣은 채로 우뚝 섰다. 오래전 노아와 도서관을 나서며 나눴던 대화가 선명하게 기억난다는 게 놀라웠다. 게다가 한국에 있는 현진의 집에서 현재형으로 떠오르다니.

그런데, 노아는 알까.

슬픔도 아귀처럼 큰 입을 가지고 나를 집어삼켰다는 사실을.

참을 수 없는 갈증이 일었다. 주방까지 걸어가는데 현기증이 느껴져 벽을 짚었다. 나는 식탁 의자에 앉아 따뜻한 물을 컵에 담아 천천히 마셨다. 커튼을 헤집고 들어온 오전의 환한 빛이 식탁 위에 무늬를 그렸다. 현진은 어제 내게 아무것도 묻지 않았다. 궁금함을 참으며 기다려주었다. 잠깐 잠에서 깼을 때, 나는 짤막하게, 리사를 만난 이야기를 들려주었다. 현진은 꽤 흥미진진한 표정으로 내 얘기를 들었다. 노아에 관한 정보는 하나도 없는데 이상하게 마음은 편해졌어. 현진은 그거면 충분해,라고 말했던가. 그리고 나는 깊은 잠 속으로 떨어졌다.

마음이 편해졌다는 말은 사실 거짓이었는지도 모른다. 리사가 자신의 불행의 원인 가운데 하나가 한국전쟁이라고 분명히 말했을 때 나는 적잖이 당황했었다. 노아의 삶과 한국 사회의

이름, 이름들   151

변화 과정을 연관 지어 생각해본 적이 없던 나로서는 놀랄 수밖에 없었다. 왜 나는 노아 개인의 불행이라고만 여겼을까. 왜 그런 대화를 노아와 나눌 생각을 단 한 번도 못 했을까. 뒤늦은 후회가 깊은 회한이 되어 밀려왔다. 나 자신이 원망스러웠다. 아침에 눈을 떴을 때 성장통을 앓다 깨어난 사람처럼 온몸이 아팠던 이유였다.

노트북을 켰다.

수십 통의 이메일이 쌓여 있었다. J작가의 메일을 먼저 열었다. 건강하게 잘 지내다 오라는 따뜻한 안부의 메일이었다. 나는 짤막하게 답을 보내고 다음 메일을 열었다. 편집장에게서 온 메일이었다. 출국하기 전에 맡았던 '동아시아 여성 작가' 특집호 기획안에 관한 의견이 담겨 있다. 내가 제안한 작가들은 너무 '민족'의식이 강해 제외했으면 좋겠다는 내용이다. 누구나 거부감 없이 포용할 수 있는 '글로벌'한 작가를 찾아보자는 제안의 메일이었다.

'누구나'라니. 세상 어디를 기준으로 삼아야 하지? 가장 중요한 건 꼭 빼놓고 말하는 버릇은 여전하군. 장기 휴가 중인 나에게 이런 메일이나 보내다니.

나는 답을 바로 보내려다 관뒀다.

마지막 메일을 열었다.

Lotus.

발신자 이름을 확인하고 나는 깜짝 놀랐다. 초보자를 위한 불교 입문 학교 홈페이지 운영자에게 온 메일이다. 날짜를 확인하니 약 열흘 전에 보낸 것이다. 출국 준비로 바빴을 때였다. 이제야 메일을 확인하다니! 노아를 보내는 의식의 하나로 한국 방문을 계획 중이라는 말이 효과를 얻은 것 같았다.

어느 밤이었을까.

검색창에 커서가 깜박거렸을 때 나는 무엇엔가 홀린 듯 자판을 두드렸다. 'Noah Harison'. 먼저 이름을 넣었다. 노아가 살던 동네 이름, 다녔던 고등학교 이름을 함께 키워드로 입력했다. 괜한 짓이라는 걸 알면서도 손가락의 움직임을 멈출 수 없었다. 같은 이름을 가진 다른 사람들. 신생아에서부터 변호사나 회계사 심지어 농구 선수, 요리사도 있었다. 업로드 된 사진들을 클릭할 때마다 손이 떨렸다. 그러다 순간 멈칫했다. 불교에 관한 포스팅이 많이 올라온 어느 홈페이지의 사진들이었다. 불경 스터디 모임에서부터 티베트나 인도 여행도 주선하는 모임의 홈페이지였다.

노아의 이름을 입력했는데, 왜 이 페이지가?

의아했다. 단 한 번도 불교와 노아를 연관 지어 생각해본 적이 없었다. 이름이 같은 회원일지도 몰랐다. 계속 클릭해보니, 스터디 모임 간사 중에 노아와 같은 이름이 있었다. 수없이 많은 또 다른 노아라고 생각했다. 포스팅은 오래전에 올린 것이었다. 여럿이 모여 차를 마시고 있는 사진도 올라와 있었다. 이상하게 심장이 뛰었다. 나는 사진을 확대했다. 열댓 명의 사람 중 유일한 동양인이라는 이유 말고도, 집중할 때 왼쪽 턱을 괴는 모습이 노아와 똑같았다. 가슴이 쿵 소리를 내며 내려앉는 것만 같았다. 호기심을 누르지 못하고 블로그 쪽지로 확인을 요청하는 메시지를 보냈는데, 며칠 뒤 수강생 개인정보라 알려줄 수 없다는 짧은 메일을 받았다.

한국에 오기 며칠 전 고민 끝에 다시 메일을 보냈다. 신뢰를 얻기 위해 노아와 함께 찍은 사진도 첨부했다. 그리고 그의 죽음도 알렸다.

메일을 보내놓고 두 마음이 충돌했었다. 노아에 대해 더 알고 싶다는 간절함과 차라리 답이 오지 않길 바라는 체념 같은 감정이 휘몰아쳤다. 어떤 날은 기다림에 지쳤고 어떤 날은 근거 없는 희망에 들떠 메일함을 확인하곤 했었다. 그렇게 기다리다 이제야, 그것도 한국에서 메일을 열다니.

나는 침착하자고 자신을 타일렀다.

발신: 초보자를 위한 불교 입문 학교, 〈Lotus〉

친애하는 미셸 은영 송,

메일 잘 받았습니다.

이제야 답장을 보냅니다.

제 무례함을 용서하세요.

노아-동아.

그 수강생을 기억하죠.

당신이 보내준 사진의 인물과 동일인입니다.

오래전 불교 교리로 치유받는 심리 상담을 받았던 수강생이었어요.

인연법에 대해 깊은 관심을 보였던 기억도 납니다.

당신을 위해 짧게 설명하자면, 인연법이란 사람과 사람 사이에 놓여 있는 필연과 우연의 관계성을 불교식으로 설명하고 이해하는 방법이지요.

노아-동아는 성실하고 심신이 깊은 수강생이었어요. 얼굴도 모르는 친부모와의 인연으로 상처받았던 마음을 좀 추스른 듯 보였지만, 양부모와 그의 가족들까지 껴안지는 못한 듯싶어요.

어느 날부터인가 스터디 모임에 나오지 않는 날이 점점 빈번해지더니 더 이상 볼 수 없었어요.

노아-동아를 떠올릴 때마다 아쉬운 마음이 남아요. 어떤 지점이 그를 힘들게 했을까, 가끔 생각했어요. 중간에 모임을 관두지 않았다면 더 좋았을 텐데. 어설프게 끝냈으니 더 혼란스럽고, 자신의 모든 인연에 회의만 남았을 겁니다.

스터디 모임 할 때 향을 피우는데, 그는 그 냄새가 친숙하게 느껴진다며 참 좋아했어요. 뭔가 오래된 기억을 불러오는 냄새라고 말했던 기억이 납니다.

우리는 그를 노아-동아라고 불렀죠.

어느 날 한국에서 온 스님이 특별 강연을 했는데, 노아가 그 스님을 무척 따랐지요. 그 스님이 강연하는 곳마다 모시고 다닐 정도였어요. 스님이 귀국하기 전, 몇몇이 모인 식사 자리에서 노아가 한국 이름을 하나 갖고 싶다고 부탁했을 때, 스님이 망설이지 않고 식당 주인에게 종이를 갖다 달라고 하더니 적더군요.

동아.

A Winter Bud.

스님이 설명해주셨지요. 한국어로 '겨울눈'이라 부른다고. 늦여름부터 가을 사이에 생겨 겨울을 넘기고 이듬해 봄에 자라는 싹이라더군요. 강인하고 아름다운 뜻을 가진 이름으로 기억해요.

노아는 감격한 듯 눈가를 적시더군요. 조금 더 지나면, 자신을 얽매이게 만든 모든 인연으로부터 해방되어 봄을 맞이하게 될 거라는 축복의 말을 듣는 사람의 표정이라고나 할까요.

노아가 이제 지상에 없다는 당신의 이메일을 받고 믿기지 않아서 오래 답을 할 수 없었어요. 존재는 덧없는 것이지만, 지상에 사는 우리 같은 범인들에게 죽음은 여전히 슬픈 이별이지요. 부처님의 자비로 노아-동아가 왕생극락하길 빕니다.

한국에서의 일정이 순조롭기를 기원합니다.

헬레나 영 존스턴

동아.

노아에게 이토록 아름다운 한국 이름이 있었다니!

나는 탄식에 가까운 숨을 토해냈다.

왜 나는 노아에 대해 더 알려고 하지 않았을까. 무엇이 두려웠을까. 어두운 그의 표정을 볼 때마다 나는 지레 겁부터 집어먹고 피했다. 지나간 얘기는 하지 마. 미래만 생각할 수 있는 지금의 현실에 감사하자고 말했다. 친절한 회피였다. 과거에서 출발하지 않은 미래는 없다는 걸 나는 정녕 몰랐을까.

노아-동아,

노아-동아.

나는 용서를 빌듯 중얼거리며 거실을 서성거렸다.

메일함을 열고 그 스님에 대한 정보를 알 수 있을까 묻는 짧은 메일을 보냈다. 그리고 다시 헬레나가 보낸 메일을 천천히 읽어 내려가고 있었을 때, 헬레나가 바로 답을 보냈다. 기다리던 내용이 아니었다.

*

"망구야, 이놈아! 주는 밥이나 먹지. 왜 이 할미 밥그릇을 넘봐? 이 답답한 놈아! 그러니 물똥질을 하고 그러지. 그 나이에 물똥질 하면. 누가 이뻐하겠어? 이 복에 겨운 놈아. 나 죽으면 누가 널 받아줄 것 같어? 주는 밥 먹을 때가 최곤지 몰라? 이 답답한 놈아! 망구야! 망구야, 이놈아!"

아래층 집 여자의 목소리가 계단을 타고 올라온다. 쩌렁쩌렁한 여자의 목소리가 적막한 빌라 건물에 생기를 불어넣는다. 여자의 모든 말이 '망구야, 난 너를 사랑해'로 들린다. 엄마가 욕실에서 똥 묻은 기저귀를 벗기며 아버지 등을 후려치며 했던 말도 비슷하게 들렸다. 이 징글징글한 인간아. 엄마의 매몰찬 목소리가 욕실 밖까지 들렸다. 물기에 젖은 아버지의 등이 세차게 울었다.

나보다 먼저 죽으라고, 이 불쌍한 인간아! 아버지가 울어야 하는데 엄마가 울었다. 거의 50여 년을 함께 살아온 애증의 고백이었다. 내가 노아와 함께 가보지 않은 시간의 언어였다.

─오늘도 집에 있을 거야?

현진의 문자를 이제야 확인한다.

─나갈까? 네 가게로?

문자를 바로 확인한 현진이 좋다며 택시를 불러줄까 물었다. 나는 버스나 전철을 타고 가겠다고 말했다. 서울역에 갈 때도 전철을 탔다. 현진이 건네준 교통카드도 있다. 나는 거실과 주방 정리를 끝내고 출발하겠다고 말했다.

빌라 건물을 막 나서려는데, 왜소한 체격의 노인이 입구에 개를 안고 서 있었다. 아래층 여자 같았다. 검은 머리카락이 드문드문 보이는 거의 백발의 노인이었는데, 눈빛은 형형해서 나이를 짐작하기 어려웠다. 상상했던 것보다 나이 든 모습이라 나는 조금 놀랐다. 노인의 품에 안겨 있는 푸들이 꼬리를 흔들며 붉은 혀를 쑥 내밀다 입을 다문다. 노인이 개를 쓰다듬던 손길을 멈추고 경계의 눈빛으로 나를 봤다. 안녕하세요. 내가 먼저 머리를 숙여 인사했다.

"윗집 사람, 이사 나갔나……?"

"아닙니다. 놀러 온 친구예요. 망구……?"

내가 개 이름을 알고 있다는 사실에 노인의 얼굴이 금세 환해졌다.

"망구 얘기도 했나 보네. 가끔 낑낑거려도 순해. 개 짖는 소리라도 나야 사람 사는 것맨치 좋지. 안 그러냐, 망구야."

노인이 입술을 쭉 내밀고 망구를 쓰다듬더니 가슴께로 꼭 끌어안는다.

"음식물 쓰레기, 이거 거기 집 아니지?"

속이 꽉 찬 음식물 쓰레기 봉투를 가리키며 노인이 인상을 찌푸린다. 녹색의 비닐봉지가 금방이라도 터질 것처럼 보인다. 나는 고개를 갸웃했다.

"아니, 달걀 껍데기는 음식물 쓰레기가 아니라 일반 쓰레기라고 그케 말해도, 저, 저 인간은……."

망구를 가슴 쪽으로 더 바짝 껴안으며 노인이 목소리를 낮추고 위층을 가리킨다. 가끔 화장실 물 내리는 소리만 들리는 301호실 방향이다. 현진에게 분리수거에 대해 들어서 대강 알고 있었지만, 달걀 껍데기가 일반 쓰레기라니.

"껍데기지만 달걀이잖아요?"

정말 궁금해서 물었는데 이맛살을 찌푸리며 노인이 나를 쳐다본다.

"저 위층 인간하고 똑같은 거 묻네. 교육을 시키고 벽보를 붙여도 귀 막고 눈 막는 인간들은 어디나 있지. 암."

"달걀 아니에요?"

나는 정말 궁금했다. 뭐가 기준인지 알고 싶었다. 자신의 설명이 부족했다고 느꼈는지 노인이 망구를 바닥에 내려놓고 허리를 펴며 일어선다.

"구별하는 거 세상 간단해. 우리 망구가 먹을 수 있는 건 음식물 쓰레기, 아닌 건 일반 쓰레기. 복날 삼계탕 먹고 뼈를 음식물 쓰레기처럼 버리믄, 그거슬 우리 망구가 먹으면 어찌 되겠나? 그렇게 생각하면 세상 어려운 게 없는 것이 음식물 분리수거지. 그게 그렇게 어렵나?"

위층 사람에게까지 전달되길 바라는 사람처럼 노인이 목청을 돋운다. 음식물 쓰레기에 대한 정의를 이제야 제대로 이해한 기분이 들어서 아하, 감탄하듯 내가 대답했다.

"세상 이치가 이렇게 다 명쾌했으면 얼마나 좋겠어요."

노인은 내 대답이 마음에 들었는지 망구의 머리를 쓰다듬는 내 손길을 지그시 바라보았다.

"진짜 친구인가……?"

경계의 눈초리를 풀지 않은 채 노인이 나를 다시 훑어보았다.

"요즘 보상금 더 받으려고 눈치들 보고 이상한 사람들 많이 들락거린다던데."

나는 고개를 저었다. 가볍게 인사하고 뒤돌아섰다. 노인이 망구를 부르는 소리가 등 뒤에서 들렸다. 나는 계단을 내려갔다. 노인의 목소리도 망구가 짖는 소리도 점점 희미해졌다. 노인과 낡은 빌라 건물 그리고 늙은 개가 함께 있는 풍경이 한 장의 흑백사진처럼 남을 것만 같았다.

*

오이도행 파란색 전철을 타고 충무로에 내려 대화행 오렌지색 전철로 갈아타야 했다. 환승은 처음이다. 어지럽게 얽혀 있는 전철 노선도를 바라본다. 인간의 감정만큼 복잡한 선들이 종국에는 각자의 목적지를 향해 끝까지 닿아 있다는 게 신기했다. 수없이 많은 길이 발밑에서 교차한다고 상상하니 미세한 진동이 느껴지는 것만 같았다. 정거장 수를 셌다. 목적지까지 가려면 열 정거장을 지나야 한다. 생각보다 멀지 않은 거리였다. 학생처럼 보이는 청년들 무리가 계단을 내려오는 모습이 보였다. 근처에 대학이 있다는 말을 현진에게 들은 기억이 났다. 전철이 곧 들어온다는 방송이 나오자, 그들은 맹렬한 속도로 계단을 내려왔다. 비슷비슷하게 생긴 사람들끼리 같은 전철을 향해 달려가는 모습이 내게는 몹시 인상적이었다. 길게 이어진 둥글고 검은 머리들. 긴 띠처럼 하나로 이어져 한 방향으로 가는 사람들. 태어난 곳에서 죽을 때까지 같은 피부색을 가진 사람들과 같은 언어를 쓰며 사는 사람들. 불필요한 이질감 따위는 느끼지 않아도 되는 삶.

노아, 당신도 한 번쯤 동경했겠지.

그런 삶을 살았다면, 당신의 마지막 결정은 달라질 수 있었을까. 그런데 당신의 결정을 과연 선택이라고 부를 수 있을까. 자유 선택쯤으로? 선택은 의지의 결과 아닐까. 그렇다면, 당신은 오래전부터, 나를 만나기 전부터 죽음을 생각하고 있었다는 말인가.

컨베이어 벨트에 실려 어디론가 멀리 갔다 반품되어 되돌아온 상품처럼 발걸음이 무거워진다. 나는 다시 마음을 추스르며 전철을 탔다.

'경로석'에 앉은 노인을 바라본다. 등은 조금 굽었지만, 잘 손질된 머리에 베이지색 트렌치코트와 검정 핸드백을 든 단아한 모습. 나는 문득 노아를 안고 미국까지 갔을 여자를 상상한다.

어떻게 노아라는 이름을 생각했어요?

나는 노인의 얼굴을 바라보며 상상을 이어간다.

비행기가 태평양 상공을 지날 때쯤이었죠. 어디로 가는 줄도 모르고 깊이 잠든 아이의 얼굴을 오래 바라보았죠. 인생이라는 험하고 깊은 바다를 잘 건너가길. 축복하고픈 마음이 저절로 생기더라고요. 그렇게 떠오른 이름이었죠.

노아라는 이름이 그에게 아주 잘 어울렸다고 노인에게 말해주고 싶다.

가끔 그 아이 얼굴이 떠올라요. 칭얼대던 울음소리, 제 손가락을 꼭 쥐고 젖병을 야무지게 빨던 모습까지. 그런데 우리의 인연은 거기까지였어요.

여자가 다음 정거장에 내리려는 듯 의자에서 몸을 일으킨다.

*

현진의 모습이 눈에 들어왔을 때 나는 두 손을 높이 흔들었다. 전철 출구 쪽을 향해 고개를 기웃거리던 현진이 나를 알아본 듯 제자리에서 뛰는 흉내를 내며 빨리 오라고 손짓했다. 무리 속에서 현진의 모습을 발견했을 뿐인데, 든든한 지원군을 만난 사람처럼 힘이 솟았다. 서로 떨어져 지냈던 시간이 무색한 건 유년의 시간을 함께 건너온 덕분인 것 같았다. 세탁기 안에 현진의 옷가지와 생리혈이 묻은 속옷들을 아무렇지도 않게 내 빨래와 함께 빨아 널었다. 오래 함께 산 사람처럼 모든 게 자연스럽게 느껴졌다. 나를 위해 따로 준비했다는 머그잔과 욕실 용기들은 미리 취향을 내게 물어보고 준비한 것처럼 맘에 들었다. 우리는 헤어져 지낸 적이 없는 사람들 같았다.

"그런데 왜 편지도 없었어?"

현진이 살짝 눈을 흘기며 물었다.

"그런 너는?"

나도 눈을 흘긴다.

"떠나간 사람이 먼저 하는 거 아니야?"

현진도 지지 않았다.

"편지했었어, 네가 이미 이사 간 뒤였다는 건 한참 후에 엄마에게 들었어."

"우리가 다시 이어진 건 엄마들 덕분이야."

"집 전화번호 그대로 쓰시는 무악재 그 친구분 덕분이지."

"그 전화번호를 아직 간직했던 네 엄마 공이 커."

"아 참, 코티(Cotty) 가루분하고 레브론(Revlon) 립스틱!"

나는 이마를 툭 치며 소리쳤다. 엄마가 현진 엄마에게 꼭 전해 달라고 부탁했던 선물이 그제야 떠올랐기 때문이었다. 짐을 줄이기 위해 박스와 포장지는 다 버리고 파우치에 함께 넣어 가져오느라 잊고 있었다. 외국 화장품은 꿈도 못 꾸던 그 시절, 한국 주부들 사이에 '최고'로 손꼽히던 브랜드를 엄마는 잊지 않았다. 내게 꼭 그 상표로 고르라고 몇 번이나 당부했었다. 한국에 아무리 좋은 게 있어도, 우리 때는 그게 최고였어. 엄마 목소리에 추억도 함께 선물한다는 자긍심이 묻어 있었다. 마트 진열대에서 파는 화장품을 어떻게 선물하느냐고 말하려다 관뒀다.

"그런 거 여기 다 있어! 직구도 하는데 뭐."

현진은 바닥에 주저앉아 방금 배송받은 박스를 풀면서 말했다. 나는 현진이 바닥에 부려놓은 빈 박스들과 포장지들을 한쪽으로 치우며 맞장구쳤다.

"알지, 알아!"

"아무튼 딸들보다 엄마들이 멋지셔들!"

유쾌한 목소리로 현진이 말했다.

"아, 이거 네덜란드산이네."

현진이 박스에서 막 꺼낸 접시를 내가 집어 들며 말했다.

"Gilde Original Delft Handgemalt, 손으로 그리고 빚은. 고유 번호처럼 보이는 숫자도 적혀 있고, 진짜네. 수입도 해?"

파란색 꽃잎들이 그려진 작은 접시를 손으로 쓸어내리며 내가 물었다.

"당연, 진품들이지. 중고시장에서 산 거야. 델프트 블루 물건들을 가끔 올리는 여자가 있어. 외국에서 살다 온 것 같아. 이런 최상 빈티지 물건은 만나기 쉽지 않아."

이런 종류의 도자기 그릇들이 내게도 낯설지 않았다. 작은 주방에 어울리지 않는 고급스러운 식기나 찻잔에 노아는 집착에 가까운 애정을 보였다. 처음엔 생뚱맞은 소유욕이나 취향이라고 여겼을 정도로 맹목적이었다. 나는 그를 이해할 수 없었다. 플라스틱이나 1회용 종이 접시에 음식을 담아 먹던 유년의 시간과 작별하고 싶었기 때문이라는 건 시간이 지나 알게 되었다.

"디스플레이하기 전에 내 집에다 며칠 갖다 놓고 보기도 해. 잠깐이라도 소장하는 기쁨을 맛본다고나 할까. 이런 물건들을 바라보고 있노라면 내가 마치 귀족적인 가풍을 지닌 집에서 태어나 자란 여자같이 느껴져."

현진이 문득 자신이 한 말이 너무 웃긴다며 키득거렸다.

"가풍? 뼈대? 뭐 그런 거?"

내 말에 현진은 알레르기 반응을 일으킨 사람처럼 두 손을 내젓는다. 그런 건 자기 인생과 아무 상관없는 단어라는 듯.

"바라만 봐도 기분 좋은 물건들 있잖아."

"그럼 노아도 그런 맛에 샀나?"

"네 집에도 있어?"

노아가 유럽으로 여행 가는 친구에게 부탁하거나 빈티지 숍에서 가끔 구매했다고 내가 말했다. 현진은 마치 노아를 오래 알고 있던 사람처럼, 아, 노아 씨도? 그렇게 되물었다.

"언제 네 집에 한번 가보고 싶다."

현진이 내가 사는 곳을 상상하듯 시선을 먼 곳에 두며 지나는 말처럼 중얼거렸다.

"스톤턴이라는 도시에 가면, 샌프란시스코처럼 언덕이 많은 곳인데 주변에 빈티지 숍들이 꽤 많아!"

"와, 상상만 해도 좋다. 친구네도 가고. 물건 구매도 하고."

우리는 내일이라도 당장 떠날 것처럼 들뜬 표정으로 서로를 바라보았다. 꼭 갈 테야, 꼭! 현진이 아이처럼 중얼거리며 주먹을 꼭 쥐는 시늉을 했다.

"근데……. 이런 물건들은 다 어디에서 흘러들어오는 걸까?"

접시에 그려진 선명한 파란색 꽃잎을 손으로 쓸며 현진이 물었다.

"글쎄. 오래전 어느 이민자 가방 속에 담겨 왔다가 후손들이 내다 판 물건들이겠지."

"낡고 오래된 것들을 다 좋아하지는 않으니까."

"그렇지⋯⋯. 그런데 너는 어떻게 빈티지 숍을 할 생각을 했어?"

나는 문득 이유가 궁금했다. 창밖으로 사람들이 지나가는 모습이 현진의 등 너머로 보였다. 몇몇은 얼굴을 유리문에 가까이 대고 안을 들여다보다 지나갔다.

"불편했던 가난이 준 향수지, 뭐."

심상한 목소리로 현진이 빈 박스들을 치우며 말했다.

창가에 놓여 있는 티크 쟁반 트레이와 원목 샐러드 볼이 사람들의 시선을 끌었다. 꽃 그림은 어제 현진이 그려넣은 거라고 했다. 트레이 손잡이와 샐러드 볼 가장자리에 나뭇결무늬가 부드러운 곡선을 그리며 꽃을 품고 있다. 현진의 손을 거쳐 세상에 하나밖에 없는 특별한 물건으로 재탄생한 것이다. 문득 현진이 하는 일이 아름답게 느껴져 오래 바라보았다.

"장미를 그려넣으려고 물감을 풀다가, 소박한 물건과 어울리지 않는 꽃처럼 느껴져 해당화를 떠올렸어. 오래전 우리 집 담장을 타고 뻗어 나간 해당화 생각이 나더라고. 기억나지? 우리

집?"

여름이면 현진네 담벼락에 피어 있던 화사한 장미 넝쿨이 사실은 해당화였다는 것을 이제야 알게 되었다고 내가 말했다. 그런 일은 흔하다는 듯 현진이 고개를 끄덕였다.

"엄마가 고향인 속초를 떠나 서울로 이사 오는 길에 가져다 심었대. 문득 그 생각이 나서 그렸어. 우리 아버지가 실향민이었잖아. 알고 있나?"

나는 고개를 저었다. 현진은 엄마 얘기를 하다가 갑자기 아버지 얘기로 넘어갔다.

"원산에서 태어나셨는데…… 전쟁통에 속초에 내려와 오래 혼자 살다 엄마를 만났대. 아버지에겐 늦은 결혼이었어."

나는 '빵기쟁이' 현진의 아버지를 떠올리며 고개를 끄덕였다. 그의 얼굴에 늘 깊은 그늘이 드리워져 있던 이유를 조금 알 것 같았다. 어느 날 밤 갑자기 죽었다는 소식을 들었을 때 놀랐던 기억이 아직 생생했다.

"매일 술을 마시던 모습만 떠올라. 사진도 본 적 없는 할머니 할아버지 얘기를 들먹이며 울 때마다 아버지가 미웠어. 빨리 커서 집을 나가자. 그게 내 인생 최대 목표였어. 아버지 죽음이 내 발목을 잡을 거라고는 상상도 못 했지만. 엄마는, 너도 알다시피 사회성이라곤 하나도 없는 사람이고."

현진이 휴, 한숨을 내쉬며 창밖을 바라보았다. 나를 만나니 자꾸 옛날 일만 기억난다며 기분이 묘하다고 말했다.

우리는 빠른 손길로 빈 박스들과 흩어진 물건들을 한쪽으로 치웠다.

"그래도 우리 집 해당화는 정말 예뻤어. 그 꽃들이 필 때면 괜히 기분이 좋아졌던 것 같아."

스산했던 옛 기억을 떨쳐버리듯 현진이 밝은 목소리로 말했다.

*

노아가 불교 스터디 모임에 오래 참석했다는 걸 이제야 알게 되었다고 현진에게 말했을 때 전철이 들어왔다. 퇴근 인파로 전철 안이 빼곡했다. 괜찮아? 현진이 물으며 내 손을 잡고 비교적 사람들이 적은 '경로석' 좌석이 있는 쪽으로 비집고 들어갔다.

현진은 다음 이야기가 몹시 궁금한 듯 내 입이 열리기만 기다리는 표정이었다. 노아라는 이름으로 검색하다가 알게 되었다고 먼저 말했다. 현진은 내 말에 조금 놀라는 눈치다. 미국에 그 이름 가진 사람들 엄청 많을 텐데. 내 노고에 감탄이라도 하듯 말했다. 나는 그가 꽤 특별한 이름의 고등학교를 졸업했다고 현진에게 말했다. 오래전 그가 살던 소도시에서 일어난 화재에서 열여섯 명의 어린이를 구하고 순직한 소방관을 기리기 위해 그의 이름을 따서 지어진 학교였다. 불교 스터디 모임을 주관하는 홈페이지에 그 소방관에 대한 애도의 글이 올라와 있다는 말도 했다. 그런 연유로 검색이 걸러졌을 것이었다. 노아의 옛날 사진을 발견하지 않았다면, 결코 내가 알 수 없었을 노아의 얘기.

이 모든 게 한 장의 사진으로 알게 된 일이라는 내 말에 현진은 여전히 놀란 것 같았다.

"노아-동아."

내 입에서 흘러나온 그 이름을 현진이 다시 중얼거렸다. 늦여름부터 가을 사이에 생겨 겨울을 넘기고 이듬해 봄에 자라는 새싹이라고 설명해주었다. 현진이 고개를 가만히 끄덕이며 의미심장한 표정을 지었다. 무슨 말인가 하려는 듯 손으로 턱을 쓸었다.

"사실 노아 씨…… 떠난 날. 네게 그 날짜를 들었을 때……."

나는 현진의 입에서 흘러나올 얘기가 몹시 궁금했다. 뒤에 서 있던 서너 명의 남자들 목소리가 한꺼번에 끼어들자 대화가 잠시 끊겼다. 단체로 어디를 가려는지, 다음 역에서 내릴까? 예약했지? 하며 갑자기 왁자하게 떠들었다.

"왠지 날짜가 낯설지 않더라. 궁금해서 달력을 봤더니……."

남자들 목소리가 잦아들기를 기다리다 현진이 말했다. 나는 다음 얘기가 몹시 궁금해 조바심이 일었다.

"그날이 곡우더라고."

나는 바로 의미를 파악하지 못하고 현진을 바라보았다.

"곡을 한다는 뜻이야?"

내가 알고 있는 '곡'의 의미를 떠올리며 물었다.

"24절기 중 하난데, 봄비가 내려 곡식을 기름지게 한다는 의미야. 때맞춰 그날 비가 오면 풍년이 든대."

"좋은 의미네……. 근데 왜 내겐 슬프게 들리지……."

누군가 노아의 죽음을 슬퍼하며 우는 것처럼 울음소리가 귓가에 윙윙거리는 것만 같았다.

"동아라는 이름을 들으니, 문득 그 절기 이름이 다시 생각났어."

현진은 자신이 괜한 말을 한 건 아닌지 신경 쓰이는 모양이었다.

"기분이 이상해."

"왜?"

"이유는 알 수 없지만, 노아가 좋은 곳으로 갔다는 소식을 막 전해 들은 느낌이야."

갑자기 눈가가 뜨거워지더니 후드득 눈물이 떨어져 내렸다. 이 긴 시간 내가 기다리던 소식을 이제야 듣는 기분이었다. 나는 고개를 돌리고 눈가를 닦았다. 현진이 손을 뻗어 내 손을 가만히 쥐었다.

환승역에 내린 승객들이 우르르 계단으로 몰려갔다. 우리도 그들을 따라 올라갔다. 갈아탈 전철은 바로 들어왔고 빈자리가 많았다. 우리는 자리를 찾아 앉았다. 마주 앉은 사람들은 모두 핸드폰에 고개를 묻고 있었다. 맞은편 여자의 검고 긴 생머리는 기름지고 비옥하다는 말이 어울릴 만큼 아름다웠다. 현진이 한 정거장 더 가서 내리자며 작은 목소리로 말했다. 재래시장이 있는 곳이었다.

전철역을 빠져나오자 싸늘한 공기가 어깨를 움츠리게 했다. 저녁은 점점 일찍 오고 계절은 빠른 속도로 더 깊은 곳으로 다가가는 것만 같았다. 우리는 어둑어둑한 골목을 지나 시장 안으로 들어갔다. 지난번에 갔던 반찬가게 앞에서 현진이 걸음을 멈췄다. 먹고 싶은 것을 골라보라는 말에 시금치와 나박김치를 집어 들자, 현진은 삶은 돼지고기를 무생채와 생굴과 함께 포장한 수육 세트를 골랐다. 현진은 지갑에서 현금을 꺼내 반찬가게 주인에게 건네며 언제 김장김치를 판매하느냐고 물었다. 김장이라니, 벌써? 내 말에 맛있는 김치는 일찍 찜해둬야 한다고 현진이 말했다.

가게 주인들은 몸을 움츠리고 유리문 안에서 우리를 내다보았다. 파장을 앞둔 시장은 한산하고 을씨년스러웠다. 과일가게의 환한 불빛이 유난히 따뜻하게 느껴졌던 것도 그 때문이었다. 붉고 동그란 사과가 탐스러웠다. 살까? 내가 물었을 때, 현진이 빨간 플라스틱 바구니에 담긴 사과 한 무더기를 바라보았다. 얼핏 보니 열 개는 되어 보였다. 주인이 미닫이문을 열고 나와 물어보지도 않고 검은 비닐 봉지에 바로 사과를 쓸어 담았다. 반만 사면 좋으련만. 현진이 작은 목소리로 내게 속삭였다. 내가 반찬이 들어 있는 봉지를, 현진이 사과가 든 봉지를 들고 천변 쪽으로 향했다.

천변에 늘어선 술집들과 밥집은 쌀쌀한 날씨 때문인지 모두 출입문을 닫고 영업을 하고 있었다. 유리문 너머로 사람들이 옹기종기 모여 앉은 모습과 김이 피어오르는 식탁이 정겹게 보였다. 어느 통닭구이 집만이 여전히 빨간 플라스틱 테이블과 의자를 밖에 내놓았다. 두 남녀가 두꺼운 패딩 점퍼를 입고 추위도 아랑곳하지 않고 맥주를 마시고 있었다. 핸드폰에 고개를 묻은 두 얼굴에 파란 불빛이 고였다. 춥지 않을까. 그 생각만 했을 뿐인데 몸이 으스스하고 손가락 끝이 시린 것만 같았다. 나는 머플러를 조금 단단히 고쳐 매고 걸었다.

"동아라는 이름 지어주신 스님이 계시는 절 이름은 모르고?"

현진이 주머니에 손을 찔러넣으며 물었다.

"궁금해서 메일을 보냈더니 바로 짧은 답 메일이 왔어. 그 스님이 오래전 티베트로 가셨다는 소식만 들었대. 한국에 계실 때는 'Kangoneto', '강원도'라는 말이겠지? 그곳에 있는 절에 계셨다는데 오래전 일이라 절 이름은 정확히 모르겠대. 설명하는 걸 봐서는 특정 절에 적을 두지 않고 다니시던 스님 같았어."

"남자아이-1, 노아, 동아. 그 이름으로 살다 갔구나, 노아 씨가."

현진의 말이 긴 여운을 남기고 사라졌다. 내가 만난 존재는 노아라는 이름을 가진 단 한 사람일까. 세 개의 이름 그 모두가 노아는 아니었던 걸까. 나는 고개를 들고 서쪽 하늘 끝을 바라 보았다. 검붉은색이 점점 검게 변했다. 못 볼 것을 본 사람처럼 황급히 고개를 돌렸다.

현진은 리사에 대해 더 듣고 싶다고 했다. 내게 파편적으로 들었던 얘기들이 자기 안에서 계속 소용돌이치는 것만 같다고.

"그날 가게를 닫고서라도 내가 따라나섰어야 했어."

몹시 후회스럽다고 현진이 말했다. 나는 리사와 나눴던 대화들을 되새기며 현진에게 들려주었다. 현진은 중간에 응, 응. 추임새를 넣으며 귀 기울였다. 리사에게 한국에서 흑인 혼혈아로 사는 삶을 상상해본 적 있느냐고 내가 물었다고 말했다.

"그건 너무 잔인한 질문일 수 있겠다. 당연히 더 힘들었을 테니까, 그때는."

현진이 씁쓸하게 말했다. 리사의 대답은 중요하게 생각하지 않는 것 같았다. 나는 리사가 언급한 한국전쟁의 상흔이 세월이 흘러서 한 개인에게 미친 영향에 관한 얘기도 짧게 들려주었다. 현진이 진지한 표정으로 고개를 끄덕이며 걸었다.

"노아의 삶과 직접적으로 닿아 있지 않지만, 무관하다고 할수도 없는 어떤 지점을 발견한 기분이었어."

현진이 내 말에 공감한다는 듯 천천히 걸음을 떼었다. 실향민이었다는 아버지를 떠올리는 것 같았다. 조깅을 하는 젊은 남자가 빠른 속도로 우리 곁을 지나가서 잠시 얘기가 끊겼는데, 우리는 그사이 숨을 고르듯 어둑어둑해진 밤하늘을 바라보다 다시 걸었다.

"유년의 집 프로젝트, 나도 체험해보고 싶네."

현진의 반응에 나는 조심스럽게 네가 왜? 물었지만 현진은 묵묵히 걷기만 했다. 약재상 노인과 국밥집에서 만난 여자 얘기까지 짧게 들려주었을 때 현진이 휴, 하고 한숨을 내쉬었다.

"멀리 갔다 왔구나……."

깊은 생각에 빠진 듯 현진이 중얼거렸다. '멀리'라는 말이 거리만을 의미하지 않는 것처럼 들렸다. 지나간 것들의 모든 것이 그 안에 담겨 있는 것만 같았다. 내가 끙끙 앓듯 거의 이틀을 잠만 잤던 이유를 이제야 이해했다는 말처럼 들리기도 했다.

물 흐르는 소리가 들릴 정도로 주변이 고요했다. 가로등 불빛이 수면 위에 긴 띠를 드리우며 흘렀다. 빨간 머플러를 두른 여자와 무릎까지 내려오는 검정 패딩을 입은 남자가 팔짱을 끼고 우리 곁을 지나갔다. 가로등 아래 드문드문 걸려 있는 스피커에서 바이올린 협주곡이 흘러나왔다. 날카로운 고음이 들릴 때마다 바이올린의 활이 빠르게 줄을 지나가는 모습이 상상되었다. 걸을수록 스피커가 멀어지며 소리도 점점 작아졌다. 방금 우리 곁을 스쳐 지나간 젊은 연인의 발랄한 이미지도 점점 희미해졌다. 조금 더 걷자니 음악은 어느새 재즈로 바뀌었다. 스피커 가까이 가면 희미한 소리가 점점 되살아나고 등 뒤로 멀어지면서 여운을 남기는 묘미가 있었다.

"우주가 사라질 때 마지막까지 남는 것은 빛이 아니라 소리라는 말을 남긴 사람은 누구였을까. 누군가는 비명을 남기고 사라지겠지."

나지막한 목소리로 현진이 중얼거렸다. 나는 고개를 돌리고 현진을 바라보았다. 머리 위로 2차선 도로가 지나가고 주황색 조명등 불빛이 바닥을 적시는 다리 아래를 지나는 길이었다. 현진의 낯빛이 피곤해 보였다. 굳게 다문 입술은 생각에 잠긴 듯했고 발걸음이 점점 느려졌다. 나는 다시 고개를 돌렸다. 밝지도 어둡지도 않은 불빛 때문이었을까. 마주 오는 사람의 얼굴에서도 걸어가는 사람의 뒷모습에서도 불길한 예감이 느껴졌다.

물오리 떼 울음소리가 어둠을 가르며 정적을 깼다. 수컷처럼 보이는 잿빛 오리가 두 날개를 퍼덕거리며 날아오르더니 암컷처럼 보이는 흰 오리를 향해 내리꽂히듯 앉았다. 빨간 머플러와 검은 패딩의 젊은 연인이 계단에 앉아 그 광경을 바라보며 키득거렸다. 현진이 우뚝 걸음을 멈췄다. 주황색 불빛이 흘러내린 옆모습이 섬뜩하리만치 낯설었다. 나도 걸음을 멈추었다. 꽥꽥 소리가 귀를 찢었다. 몸이 움찔했다. 나도 모르게 반찬이 들어 있는 비닐 봉지를 든 손에 힘이 들어갔다. 가자. 나는 낮은 목소리로 중얼거리며 현진을 바라보았다. 현진은 내 말을 못 들은 사람처럼 꼼짝도 하지 않았다. 잿빛이 흰의 머리를 힘껏 부리로 쪼며 순식간에 물속으로 밀어넣더니 흰의 몸 위에 두 발로 올라섰다. 잿빛이 흰보다 훨씬 더 빠르고 용맹했다. 흰이 필사적으로 버둥거리며 날개를 퍼덕일 때마다 물이 사방으로 튀었다. 흰이 고개를 쳐들자 잿빛의 다리와 부리가 완벽하게 흰을 제압했다. 흰의 머리는 물에 잠기고 흰의 짧은 두 다리만 물 밖에서 허우적거렸다. 잿빛의 몸으로 그마저도 가려졌을 때 나는 현진을 팔을 흔들었다.

"가자……."

왜 우리가 이 광경을 바라보아야 하는지 이해할 수 없었다. 이 자리를 아무렇지도 않게 떠날 수 없게 만드는 기류도 의아했다. 현진은 그 자리에 발이 붙은 사람 같았다. 내가 옆에 있다는 사실도 잊은 듯 넋을 놓고 있었다. 그때 현진의 입술 끝에서 귓가로 이어지는 부근이 한 번 꿈틀거렸다. 현진의 오른손에 들려 있던 사과 봉지가 천천히 왼손으로 옮겨갔다. 그 작은 행동이 결연해 보여서 나는 현진의 시선이 붙들린 곳으로 고개를 돌렸다. 흰이 고개를 쳐들고 잿빛으로부터 달아나기 위해 꽥꽥 몸부림쳤다. 빨간 머플러 여자가 사진을 찍겠다며 호들갑이었다. 빨간 머플러의 웃음소리와 흰의 비명 사이를 뚫고 뭐가 획 지나갔다. 사과였다. 내가 흠칫 놀라 옆을 바라보았을 때 현진의 손을 떠난 또 다른 사과가 호를 그리며 날아가더니 잿빛을 향해 정확히 내리꽂혔다. 현진은 고통으로 일그러진 표정으로 더 빠르게 사과를 던지며 아, 아, 소리쳤다. 물이 사방으로 튀었고, 꽥꽥 울던 오리들이 뒤뚱거리며 천변 숲속으로 향했다. 현진은 허공을 향해 사과를 던지며 포효하듯 소리쳤다.

순식간에 벌어진 일이었다. 정신이 혼미했다. 믿을 수 없는 광경에 아무 말도 할 수 없었다. 거짓말처럼 갑자기 주위가 고요해졌다. 젊은 연인도 오리도 어디론가 사라지고 보이지 않았다.

"왜 그래? 동물들 짝짓기야."

놀란 목소리로 말하자 현진이 나를 향해 고개를 돌렸다. 주황색 불빛이 일그러지듯 현진의 얼굴 위로 흘러내렸다. 땀인지 눈물인지 모를 축축한 것들이 현진의 두 볼과 이마를 번들거리게 했다. 현진의 손에 들려 있던 비닐봉지가 맥없이 바닥으로 떨어진 건 거의 동시였다. 불그죽죽한 불빛이 내려앉은 검정 비닐봉지는 끔찍한 것이 빠져나가고 남은 오물처럼 흉물스러웠다. 현진이 고개를 떨구고 그것을 바라보더니 참을 수 없다는 듯 발로 지그시 밟았다. 비닐봉지가 바스락거릴 때마다 내 기억은 먼 시간 속으로 빠르게 달려갔다.

우리가 헤어진 지점. 나는 봄방학으로, 현진은 겨울방학으로 기억하던 그 시간. 학년도 바뀌고 우리 인생도 조금 바뀌었던 지점이라고 현진이 말했던가. 인생? 중3 시절을 떠올리는 표현치고 너무 어른스러운 말 같아서 웃었던가.

　넌 미국으로 난 이곳에서. 갈라진 지점의 인생이 그렇게 시작되었어. 이해할 수 없었던 현진의 말이 조금씩 선명한 무늬로 그려지기 시작했다. 처음부터 끝까지 분노로 남을 수밖에 없는 상황도 있다고 말했던 현진의 목소리가 칼날처럼 깊은 곳을 찔렀다.

　현진의 중얼거리는 소리가 물소리와 함께 내 귀로 날아들었다.

　나는 변하지 않았어.

　혹은, 나는 부서지지 않았어.

　그렇게 들린 것 같았다. 어떤 보호벽도 없던 아이가 할 수 있는 유일한 저항은 고발밖에 없었다는 말이 환청처럼 들려왔다. 번갯불 같은 섬광이 빠르게 번쩍이다 사라졌다. 기억의 파편들이 내가 원하지 않은 지점에서 딱, 소리를 내며 아귀를 맞추고 달려들었다. 현진이 그린 오리들이 일제히 울음을 터트리며 날아오르는 것만 같았을 때 몸이 휘청거렸다.

　"나 이민 간다고 송별회 했을 때?"

　현진은 이미 저만치 혼자 걸어가고 있었다. 나는 현진을 따라가지도 부르지도 못하고 서 있었다. 내 얼굴이 무참하게 일그러져 있는 것이 느껴졌다. 겨우 운동기구 옆에 있는 벤치로 다가갔을 때 나는 쓰러지듯 주저앉았다.

　교회에서 송별 파티가 끝나고 몇몇이 버스를 함께 탔다. 성가

대에서 풍금을 치는 '오빠'가 집까지 바래다준다는 것만으로도 몹시 들떴다. 그의 친구라는 두 명의 남학생들은 처음 보는 사람들이었다. 집에 가려던 현진의 손목을 억지로 끌며 같이 데려다달라고 했다. 오빠들하고만 가면 내가 어색해. 그렇게 말했던가. 그렇다면 돌아갈 때 현진은 오빠들 사이에서 얼마나 어색하고 불편했을까. 단지 불편함과 어색함뿐이었을까? 왜 이제야 이런 질문을 떠올리는 것일까. 미국 가면 영어로 편지해. 미국 여자친구 한 명 소개해줘. 거긴 프리 섹스 천국이라며? 대학은 미국으로 갈까? 아, 영어 진짜 어려워. 이름도 기억나지 않는 세 명의 남자 목소리가 생생하게 현재형으로 들리는 것만 같아서 귀를 틀어막았다. 우리는 버스 맨 뒷좌석에 앉았다. 나는 창가에 앉았고 두 남학생 사이에 앉은 현진은 몹시 불편해 보였다. 남자 선배에게 불편하다고 먼저 말하면 여자답지 않다거나 예의 없다는 말을 듣던 때였다. 현진이는 나를 위해 그 정도의 불편은 감수하겠다는 표정이었다. 두 남학생은 좀 불량해 보였다. 송별회에 술도 없냐? 남학생 한 명이 어른 남자처럼 말하며 헤어지기 서운하다고 말했다. 팔을 뻗어 내 팔을 슬쩍 잡은 것도 같았다. 버스에서 내렸을 때 나는 작은 소리로 우리 집에서 자고 갈래? 현진에게 물었고 현진은 고개를 저으며 공항에서 보자고 말했다. 나는 모두에게 손을 흔들고 빠르게 돌아섰다. 정체를 알 수 없는 불길함이 자꾸 나를 불러 세우는 것만 같아서 걸음을 재촉했다. 그러나 그 불길함이 누군가를 향해 터져버릴 수도 있을 거라는 구체적인 상상은 내 사유의 세계가 가닿을 수 없는 먼 곳이었다.

공항까지 꼭 배웅을 나오겠다던 현진의 모습은 출국장을 빠져나갈 때까지 볼 수 없었다. 나는 이유도 모른 채 오랫동안 현진에게 서운했었다.

천변 끝으로 걸어가는 현진의 모습이 점점 작아졌다.

왜 지금에서야 그 모든 불온한 기운들이 선명하게 읽히는 걸까.

얼마나 오래 그렇게 앉아 있었을까. 밤공기가 서늘하게 어깨를 쓸었다. 나는 벤치에서 몸을 일으키려다 멈칫했다. 봉지에 담겨 있던 사과 하나가 발아래 덩그러니 놓여 있었다.

겨울 사과는 차갑고 단단했다. 나는 오리들이 사라진 숲속을 망연히 바라보다 천변으로 다가갔다. 스피커에서 흘러나오던 음악은 더 이상 들리지 않았다. 도시의 불빛이 여전히 수면 위에서 반짝거리며 흘렀다. 크리스마스 장식처럼 아름답다고 느꼈던 그 마음은 영영 다시 오지 않을 것이었다. 사과를 쥔 손을 들어 올렸다. 오리들이 사라진 숲속에서는 바스락 소리도 들리지 않았다. 나는 어둠이 짙게 내려앉은 숲을 향해 있는 힘껏 사과를 던졌다.

남산에서

리사의 메일을 열었다. 사흘 후 출국이라 서울에 왔는데 점심을 같이할 수 있느냐고 물었다. 나는 메일에 언급된 호텔로 내일 직접 나가겠다는 답장을 보내고 근처에 브런치를 먹을 수 있는 식당을 검색했다. 식사 후 남산 둘레길을 걸어도 좋을 것이었다.

현진은 못 간다고 잘라 말했다. 미국식 브런치야. 나는 최대한 일상적인 톤으로 말했다. 평소의 현진이었다면 열 일 제쳐두고 갈 것만 같았다. 현진은 가게 때문이라고 짤막하게 이유를 댔다. 오늘이 아니고 내일이야. 알바생 불러. 내 말에도 현진은 단호하게 못 가, 짧게 대답하고 돌아섰다.

현진은 천변의 밤 이후로 부쩍 말수가 줄었다. 아침마다 다정하게 내게 건넸던 인사도 잊은 듯했다. 저녁이면 늦게 들어왔고, 괜히 피곤하네 하는 말을 남기고 자기 방으로 몸을 돌렸다. 맥주라도 한잔할까? 등 뒤에다 물어도 미안 다음에, 같은 대답만 돌아왔다. 차라리 나를 원망해. 그래야 내가 숨이라도 쉴 것 같아. 나는 거의 울 것처럼 소리쳤다. 현진은 내 말에 멈칫하다 뒤돌아섰다. 그건 나를 모욕하는 말이야. 표정도 음성도 단호했다. 내 잘못도 네 잘못도 아니라는 걸 누구보다 잘 아니까. 가끔 이렇게 휘몰아치다가 잠잠해져. 기다려줘. 그게 네가 할 수 있는 일이야, 은영아. 현진의 단단한 목소리가 나를 안심시켰지만, 가끔 휘몰아친다는 말에서 현진의 고통이 고스란히 전해져 힘들었다.

나는 리사와 만나기로 한 브런치 장소가 적힌 메모를 냉장고에 붙였다. 세 명 예약했다고 현진에게 말했다. 너, 리사 보고 싶다고 그랬잖아. 남산 둘레길도 걸을 거야. 나무들이 더 앙상해지기 전에. 안간힘을 쓰듯 중얼거렸다. 현진은 잘 다녀오라는 말을 남기고 뒤돌아섰다. 나 곧 출국할 거야. 나는 선전 포고하듯 말했다. 현진이 잠시 현관문 앞에서 머뭇거리다 손잡이를 돌렸다.

*

서울에서 만난 리사는 다른 사람이 되어 있었다. 우리가 함께 나눴던 무거운 대화들이 떠오르지 않을 만큼 세련되고 밝았다. 짙은 브라운 롱 가죽 코트와 색깔을 맞춘 실크 스카프가 정말 잘 어울린다고 리사에게 말했다. 그래요? 리사는 내 말에 기분이 좋아 보였다. 우리는 예약 장소를 향해 걸었다.

"이태원이 좋아요. 한국에 오면 최 선생을 만나러 내려가 그곳에서 며칠 묵지만, 사실 내 마음이 더 편한 곳은 이곳이에요."

리사는 많은 외국인이 있는 이곳이 좋다고 말하며 맞은편에서 걸어오는 외국인 노인 커플을 향해 미소 지었다.

"문화적 동질감 때문인가요?"

"아니요, 한국 사람들이 나를 완벽한 외국인으로 봐주기 때문이에요."

리사가 농담이라는 듯 가볍게 말했지만 의미심장했다.

우리는 가죽 제품들이 가게 밖까지 진열된 곳을 기웃거렸다. 사람들이 제법 많았다. 볼살이 내려앉기 시작한 어느 백인 남자와 가느다란 몸집의 젊은 동양인 여자가 다정하게 물건을 고르고 있었다. 여자가 구슬로 장식한 끈이 달린 빨간색 가죽 백을 옆구리에 끼고 남자에게 어떠냐고 물었다. 남자가 흡족한 눈으로 고개를 끄덕이더니, 주인 여자에게 사게! 사게! 가까! 가까!

어설픈 한국말로 외쳤다. 주인 여자는 이런 일은 한두 번이 아니라는 듯 노 디스카운트! 단호하게 손을 내저으며 다시 가게 안으로 들어갈 기세였다. 플리즈, 마마! 동남아 태생으로 보이는 외모를 지닌 여자가 가방을 꼭 사겠다는 듯 가슴에 품으며 애원했다. 우리는 그들이 가격을 흥정하는 소리를 들으며 걸음을 재촉했다.

저녁이 깃든 울창한 숲속을 옮겨놓은 듯한 가게 앞에서 우리는 다시 걸음을 멈췄다. 군복 무늬가 그려진 옷, 모자, 신발, 가방 등이 빼곡하게 걸려 있는 밀리터리 룩 숍이었다. 미군들이 남기고 간 것들일까. 어떤 흔적은 오래 이 땅에 새겨져 있는 것만 같았다. 리사도 나와 비슷한 생각을 하는지 골똘한 표정으로 안을 기웃거리더니, 그만 가자고 말했다.

블로그에서 본 것보다 식당은 훨씬 아담하고 깔끔했다. 네 개의 4인용 테이블과 세 개의 2인용 테이블이 식당 안에 꽉 들어차 있다. 다섯 개 테이블은 이미 손님들이 앉아 있었다. 꼭 예약하고 가라는 블로거의 말에는 이유가 있었다.

리사는 의자에 앉으며 기름지고 고소한 냄새가 칠면조를 오븐에 굽는 냄새 같다고 말했다.

"맞아요. 이 집이 화덕에서 구운 칠면조로 만든 샌드위치와 샐러드가 일품이라고 나와 있더라고요."

리사는 팔걸이가 있는 의자가 불편한지 자세를 계속 고쳐 앉았다.

"괜찮아요?"

"아니요. 내 엉덩이가 좀 크잖아요. 애플힙!"

리사가 가볍게 눈을 찡긋했다.

"부러워요, 애플힙!"

"좀 가져가요. 한국에 있을 때만이라도."

우리는 소녀들처럼 소곤거리며 웃었다.

나는 칠면조 샌드위치와 연어 토핑 샐러드를 골랐다. 리사도 만족스러운 표정으로 고개를 끄덕이더니 같은 것으로 주문하겠다고 했다. 나는 현진이 올지도 모른다는 생각에 식당 밖을 가끔 기웃거렸다. 함께 오자고 끝까지 고집을 부리지 못한 게 후회스러웠다. 주문을 받아 적은 직원이 커피 리스트가 적힌 메뉴판을 우리에게 내밀었다. 미국에서도 안 마셔본 외국산 커피들 천지였다. 리사와 나는 눈을 동그랗게 뜨며 메뉴판으로 얼굴을 가리고 웃었다. 식당에 들어섰을 때, 고소한 음식 냄새 사이로 비 온 뒤 숲속의 바람처럼 향긋한 커피 냄새가 났던 이유를 알 것 같았다. 나는 에티오피아 커피를, 리사는 브라질 커피를 주문했다. 리사는 주문을 받고 막 돌아서는 직원에게, 벽에 붙은 제주 감귤주스 광고지를 가리키더니 저거, 투,라고 말하며 손가락 두 개를 펼쳤다.

"이곳에 오니 오븐에 칠면조를 굽던 시간이 떠오르네요……."

리사가 창밖을 바라보던 시선을 돌리며 말했다. 뉴욕에 사는 남편 가족들이 대식구라 추수감사절에는 늘 그곳으로 갔다고 말했다. 나는 그가 가족들에 둘러싸여 풍성한 만찬을 즐기는 모습을 상상했다. 아이도 있을까? 궁금했다.

"딸이 하나 있어요. 이름은 엘리사."

리사가 가방을 뒤적거리더니 신용카드 크기의 작은 사진첩을 찾아 보여주었다. 눈썹이 길고 말랑한 공처럼 보이는 볼과 동글동글한 이마를 가진 여자아이. 유아기 때부터 성숙한 이십대로 보이는 모습의 사진들이 시간의 흐름대로 담겨 있었다. 나는 그 가운데 유독 얼굴이 크게 찍힌 사진 하나를 오래 바라보았다.

"신기하죠?"

리사가 내 마음을 읽은 듯 물었다.

"어쩜…… 이렇게 동양인, 아, 미안해요, 이걸 뭐라고 표현해야 할지. 그냥 눈동자도 까맣고, 눈이 좀 큰 동양 아이 같아요."

"가끔 이 사진을 보며 내 엄마 얼굴을 상상하곤 했어요. 아주 가끔. 엄마가 이렇게 아름다운 분이었을 거라는 상상을 하면 마음이 아주 좋다가도 이상하게 참담한 기분이 들기도 하지만요. 딸아이 눈을 가만 들여다보면 엄마가 나를 바라보는 상상을 하게 되는 순간이 있어요. 엘리사는 내게 축복 같은 아이예요."

음식이 나왔다. 플레이팅이 예쁘다며 리사가 감탄했다. 리사의 딸 이야기가 시댁과 남편 얘기로 자연스럽게 넘어갔다.

"우리 시댁이 음식과 사람에 대해서는 지극한 편이에요. 사실 결혼 전에 초대받아 갔을 때 여럿이서 같이 음식 준비를 하던 모습이 내게 안정감과 신뢰를 준 것 같아요. 이런 가족의 일원이 되고 싶다 같은. 좀 진부한 표현으로 들리겠지만요. 제게는 그러니까, 결핍처럼 갖고 있던 것을 결혼이라는 방식을 통해 회복하고 싶은 욕구가 강렬했던 것 같아요. 그런데……."

리사가 마요네즈가 살짝 묻은 입가를 냅킨으로 닦으며 말을 이었다.

"그런 결핍이 거의 해소되어서 그랬는지 제가 변한 건지 모르겠지만 언젠가부터 남편의 다른 면이 보이더라고요."

나는 무슨 말인지 몰라 고개를 갸우뚱했다. 리사가 심각하게 생각하지 말라며 입술 끝을 살짝 올리고 웃었다.

"지난 몇 년간 내가 한국에 자주 드나들어서 그런지 나를 보면 자꾸 한국의 지저분한 뒷골목이 떠오른대요. 나랑 여행 왔을 때 봤던, 유흥가 밀집 지역들이요. 처음엔 농담처럼 들었는데, 아니 충분히 농담일 수 있었는데, 이상하게 그 한마디가 뇌리에서 떠나지 않더군요. 제 콤플렉스겠죠. 모욕적이었어요. 모욕으로 받아들이지 않으면 엄마의 삶을 욕되게 하는 것처럼. 남편으로서는 황당했을 거예요. 그렇게 우리는 서로가 점점 불편해졌어요."

리사는 남 얘기를 하는 것처럼 무덤덤해 보였다. 이미 모든 파도를 넘어선 사람의 표정이었다. 남편과 5년 전 헤어졌는데 남편은 벌써 재혼해 자식이 있다는 말을 딸에게 전해 들었다고 말할 때도 그랬다. 재혼 상대가 백인인지 흑인인지 동양인인지 가끔 궁금한데, 아직 묻지는 않았다고 했다.

"그런 게 궁금해요?"

"딸아이가 말 안 하는 것 보니 백인 여자 같아요. 결혼식에도 갔으니 분명 만났을 텐데도 말이죠."

리사가 나를 향해 고개를 숙이며 작은 목소리로 말했다. 직원이 다가와 따뜻한 커피를 다시 채워주었다.

"세상에 필요한 것들도 이렇게 리필이 가능하면 얼마나 좋겠어요."

리사가 머그잔을 입에 가져다 대며 말했다. 갓 볶은 원두를 갈아 방금 내린 듯 향이 진했다. 여름 숲 이후에 모든 게 잘 흘러갔을 거라고 상상했던 리사의 삶이 꼭 그런 것은 아닌 모양이었다. 어쩌면 그건 몹시 자연스러운 일처럼 여겨지기도 했다. 숲에 어떤 맹수가 살고 있는지 모두 알 수 있을 만큼 우리 인생은 길지 않았고, 하나의 결핍이 채워지면 또 다른 허기가 입을 벌리고 있다는 상상은 언제나 가능했다.

추수감사절 때 먹고 남은 칠면조로 요리하는 법을 아느냐고 리사에게 물었다.

"그럼요. 이렇게 가슴살을 얇게 저며 상추와 체다치즈를 곁

들인 다음 아보카도 한 조각을 넣고……. 지금 이 샌드위치도 나름 훌륭하지만, 아보카도가 안 들어간 게 너무 아쉬워요."

"그것도 좋고, 절정은…… 육개장 먹어봤어요?"

육개장을 내가 간단히 설명하자, 리사가 금방 알아들었다는 듯 긴 파, 누들이 들어 있는 '빨간 비프 수프'라고 대답했다.

"맞아요. 추수감사절 연휴 마지막 날, 바로 그 수프를 끓여 먹어야 클라이맥스죠."

"아, 그건 맛있겠다. 레시피 좀 메일로 보내줘요. 미미수수가 요즘 요리에 재미를 붙이고 있어요. 새로 주방 기구를 다 들여놨으니, 근사하게 한 상 차려야겠군요."

"미미수수요?"

호기심과 흥미를 담아 내가 물었다. 딸아이의 예명인가?

"내 아바타 이름이에요. 제 한국 이름에서 '미' 그리고 내 영어 이름을 한글로 썼을 때 한국 이름과 공통으로 들어가는 'ㅅ'에서 착안했죠. 언젠가 최 선생이 '인간'을 의미하는 한자를 내게 설명했을 때 'ㅅ'이 더 좋아지더라고요. 서로에게 기대고 사는 게 인간이었구나. 놀라웠어요. 미미수수는 영어로 표기해도 발음하기 쉽고, 한국식으로 이런 해석이 어떨지 모르지만, 아름답고 수수하다는 의미를 담고 싶었어요. 어때요?"

"기발하고 좋은데요."

나는 미미수수라는 이름을 다시 중얼거렸다.

"인종은 궁금하지 않나요?"

"아, 궁금해요."

어떤 인종이든 상관없지만.

"어디에도 속하지 않는 인종이죠. 공작 깃털로 만든 가면을 쓰고 손에는 긴 장갑을 끼고, 다리를 다 가리는 긴 장화를 신었어요."

"공작이요?"

나는 무슨 특별한 이유라도 있을까 싶어서 물었다.

"날개를 활짝 폈을 때 푸른빛이 감도는 그 무늬가…… 한국 자개장? 그거랑 비슷하게……"

"공작 깃털 가면이라니, 아름다울 것 같아요."

내 말에 리사가 흡족한 표정이었다. 가상의 세계에서도 여전히 한국적인 것들을 놓지 않는 그가 놀라웠다. 거의 집착에 가까운 심리라는 생각까지 들 정도였다.

혹시나 현진이 올지도 모르겠다는 생각에 식당 밖을 힐끔 쳐다보고 나는 다시 칠면조 이야기로 돌아왔다.

"육개장 끓이는 것과 거의 비슷해요. 고기만 칠면조 고기를 넣는 거죠. 칠면조 뼈에 붙은 살까지 골고루 발라 고사리, 대파, 통마늘, 고춧가루를 넣고 푹 끓이다 당면을 조금 넣어요."

노아가 콧등에 땀을 닦으며 매콤하고 진한 국물을 훌훌 먹는 모습을 떠올리며 내가 말했다. 그 맛을 느끼기 위해 우리는 아침부터 부산을 떨며 오븐에 칠면조를 구웠었다.

"군침 도네요. 나 완전 여기 사람 입맛이죠?"

리사가 참 알 수 없는 노릇이라며 고개를 양쪽으로 저었다.

커피는 식을수록 향이 더 진해졌다. 혹시나 했는데, 현진은 오지 않았다.

우리는 좀 걷기로 하고 일어섰다. 굳이 자신이 계산하겠다며 계산대를 향해 걸어가는 리사의 뒷모습을 바라보았다. 미미수수. 그 이름이 자꾸 입술을 건드렸다.

*

"동아라고요?"

내가 의미를 설명하자 리사는 멋진 이름이라며 고개를 끄덕였다. 담장이 높은 큰 집들이 드문드문 보이는 길을 지나자 제법 산책로 기분이 났다. 한강공원으로 갈까 잠시 갈등이 일었지만, 우리는 예정대로 남산 둘레길로 접어든 것이다. 거리의 소란함은 사라지고 나무들이 울긋불긋한 길이 그림처럼 아름다웠다.

"노아의 한 생이 세 개의 이름으로 내게 이어져 다가왔어요."

"여전히 못 찾은 이름 하나가 숙제처럼 남은 셈이군요."

세 개의 이름 가운데 그 어느 이름도 노아의 첫 이름이라고 확신할 수 없다는 말처럼 들렸다.

둘레길은 완만한 언덕으로 이어지며 우리를 맞이했다. 조금씩 앙상해지는 나무들 사이로 도시가 저만치 얼굴을 내민다. 언덕 꼭대기쯤 이르렀을 때 우리는 걸음을 멈추고 발아래를 굽어보았다. 등줄기가 훈훈했다. 산을 등지고 강을 품고 건물로 이어지는 모습이 장관이다. 가닿을 수 없어서 더 아름답게 느껴졌다. 우리는 말없이 먼 곳을 바라보았다.

"하얏트 호텔 알죠?"

나는 산 아래 요새처럼 우뚝 이마를 내민 건물을 가리키며 물었다. 물론이죠. 리사가 대답했다.

"홀수 방은 남산뷰, 짝수 방은 한강뷰!"

"아, 그래요?"

나는 조금 놀라 물었다. 여느 외국인 관광객처럼 리사도 한국을 관광지로 생각할 수도 있다는 사실을 놓치고 있었다. 리사는 그곳에 묵었던 친구가 가르쳐준 팁이라고 말했다.

"박정희 대통령이⋯⋯, 혹시 그 대통령 이름 들어봤어요?"

한국현대사에 관한 책을 몇 권 읽었다며 리사가 고개를 끄덕였다. '한국 대통령'이란 말을 들으면 가장 먼저 떠오르는 사람이 그 대통령이라고 했다. 내가 감탄하듯 리사를 바라보자 유년의 집 프로젝트를 기획하면서 공부한 덕분이라고 말했다. 한국역사와 요리, 생활상, 도시의 변천사까지 공부했다는 사실이 놀라웠다.

　"저도 원고 쓰려고 자료 조사하다 알게 된 건데요, 그 대통령이 저곳에 최고급 호텔을 지으라고 지시해서 탄생한 호텔이래요. 그 당시 남산을 깎아 외국인 아파트 같은 것도 막 짓고 그랬던……."

　옛 기억이 불쑥 떠올라 말을 멈췄다. 광대뼈 부근이 튀어나오고 볼이 홀쭉하고 돌출된 입 모양을 가진 죽은 대통령 얼굴이 함께 떠올랐다. 검정 선글라스에 군복을 입은 사진. 내 기억은 점점 더 선명해졌다. 아버지도 오래전 비슷한 모습으로 찍은 사진이 있었다. 리사에게 우리 아버지도 오래 군에 몸담았다고, 그래서 기억난 일이라고 먼저 설명했다. 아버지에 대한 기억이 얹히지 않았다면 그날이 강렬하게 내 기억 속에 남아 있을 리없었다. 국민학교 2학년이었던 내가 최초로 역사적인 날 한가운데 있었던 순간처럼 느껴진다고 리사에게 말할 때 나는 전율했다. 한국에 오지 않았다면 영원히 망각 속에 묻혀 그대로 흘러갔을지도 모를 기억이었다.

　1979년 10월 27일, 토요일 이른 아침. 출근하는 아버지와 함께 만원 버스 안에 있었다. 목 주변에 두드러기가 심해 종로에 있는 약국에 가는 길이었다. 상상을 초월할 만큼 승객들이 많았다. 나는 어느 순간 아버지 손을 놓쳤고 어른들 틈 속에 끼어 뒤로 밀려났다. 운전기사가 틀어놓은 라디오의 볼륨이 갑자기 커졌다. 다급하고 비장한 아나운서의 목소리가 들렸다. 대통령 유고,라는 말이 몇 번이고 흘러나왔다. 그게 무슨 영문인지 몰랐던 나는 아버지를 찾느라 두리번거렸지만 보이지 않았다. 누군가, 대통령이 죽었대! 소리쳤을 때 나는 너무도 깜짝 놀랐다. 내가 태어나기 전부터 대통령이었던 사람이, 영원히 대통령으로 살아 있을 것 같던 사람이 갑자기 죽었다는 말은 고층 건물이 순식간에 무너졌다는 말처럼 공포 그 자체였다. 죽었던 사람이 다시 깨어났다는 말을 믿는 게 더 쉬웠을지도 몰랐다. 사람들이 웅성거렸다. 한여름에 주먹만 한 우박이 쏟아져 도시 전체가 무너졌다는 소식을 들은 사람들처럼 불안한 목소리였다. 웅성거림은 곧 누군가의 울음으로 바뀌었고 또 다른 누군가가 따라 울었다. 울음을 실은 버스는 멈추지 않고 사직터널을 빠져나왔다. 나는 버스 안에 있던 몇몇 어른들의 통곡하는 모습만으로도 슬프고 무서워 눈물을 흘리며 아버지를 찾았다. 어느 검정 교복과 검정 양복 사이에 아버지가 보였다. 사람들의 어깨와 머리 사이, 아버지 턱관절 부위가 씰룩거렸다. 아버지는 심각하게 긴장하거나 깊은 생각에 빠졌을 때 어금니를 꾹꾹 다무는 버릇이 있었다. 나는 겨우 아버지에게 다가갈 수 있었다. 아버지는 언젠가 터질 일이 기어코 터졌다는 소식을 방금 전해 들은 사람처럼 허탈한 표정으로 창밖을 바라보고 있었다. 누군가, 전쟁 나면 어떡해! 소리쳤을 때 차 안에 있던 사람들은 아이고, 아이고, 소리쳤고 나는 아버지, 아버지 불렀다. 어느 여자가, 버스 세워요! 소리치며 울음을 터트리는 바람에 내 목소리가 묻혔다. 나는 사람들 틈을 비집고 겨우 아버지 팔을 잡을 수 있었다. 아버지는 그제야 나랑 같이 버스에 올라탄 걸 기억하는 사람처럼 놀라는 표정으로 내 어깨를 그러쥐었다. 아버지의 손바닥은 알 수 없는 열기로 뜨거웠다. 전혀 의미를 짐작할 수 없는 표정에 나도 모르게 울음보를 터트렸다. 아버지는 나를 달래지도, 같이 따라 울지도 않았다. 버스는 울음을 싣고 계속 달렸고 나도 울음을 멈출 수 없었다.

그때의 흐느낌이 아직 내 몸에 남아 있기라도 한 걸까.

두 다리가 후들거렸다.

한국에 와서 마주치는 기억들이 모두 어제 일처럼 생생해 휘청했다. 리사가 내 팔을 잡으며 괜찮으냐고 물었다.

"그때 내 울음의 의미는 뭐였을까요? 슬픔보다 공포로 터진 눈물이었던 것 같아요. 왜 이런 기억들이 자꾸 튀어나오는 거죠?"

나도 모르게 목소리가 떨렸다.

"한 개인이 직접 몸으로 겪은 일이 그 어떤 역사책의 서술보다 진실에 가깝고 강렬하기 때문이겠죠."

버스에서 망연하게 창밖을 바라보던 아버지 모습이 그릴 수 있을 것처럼 선명하게 되살아났다. 지금의 내 나이보다 겨우 몇 살 많았을 것 같은 얼굴이었다. 갑자기 몸의 열기가 눈가로 모이는 듯 눈이 뜨거워졌다. 아버지는 내가 한국에 온 것도 모른 채 요양원에서 지내고 있을 터였다. 자신도 알 수 없는 어느 시간대에서 망연히 서 있을지도 몰랐다.

"예전에 살던 곳을 찾아가면 젊은 모습의 아버지가 문을 열고 날 반겨줄 것만 같아요."

어떤 상황이 현실인지 알 수 없을 정도로 모든 시간이 뒤섞이며 나를 흔들었다. 예기치 않은 시간에 낯선 역에 내린 사람처럼 혼란스러웠다. 현진의 얘기를 꺼내면서도 비슷한 감정을 느꼈다. 과거의 어느 순간을 현재처럼 느끼며 얘기하는 것 같았다. 낡고 오래된 물건에 애착을 느끼는 유년의 친구가 있다고 리사에게 말했다. 그 친구의 손을 거치면 쓸모없는 물건들도 빛이 난다고. 그 물건들을 어루만지는 친구의 마음을 헤아릴 때마다 마음이 아프다고. 리사는 천천히 걸음을 떼면서 내 이야기를 들어주었다. 내 입에서 두서없는 얘기들이 흘러나왔다. 스물세 살 청년과, 남겨진 그의 가족과, 총성에 사라진 이름도 모르는 사람들의 얘기까지. 이 모든 게 내게는 노아와 나의 얘기처럼 느껴졌다. 묵연하게 내 안에 쌓여 있던 것들이 남산 둘레길에서 터져버렸다.

"기분이 정말 이상해요. 리사, 당신에게 말하고 있는데 마치 또 다른 나에게, 내가 한국을 떠날 때 온전히 나를 따라오지 못한, 여전히 한국에 살고 있을 나의 일부에게 말하는 기분이 들었어요. 알아요, 이 말 진짜 이상하다는 거. 그런데 정말 그런 기분이에요."

"내가 보기에…… 말하기 조금 조심스럽지만……."

내 말을 묵묵히 들으며 함께 걷던 리사가 걸음을 멈추고 나를 바라보았다.

"미셸, 아니 은영으로 부를게요. 당신이 한국을 떠나 오래 살았지만, 그래도 정신의 한 부분은 한국을 완전히 떠나지 못한 상태로 남아 있던 거죠."

"몸이 떠난다고 정신도 온전히 함께 떠난다는 건 사실 불가능한 일이잖아요."

"맞아요. 내게도 그런 비슷한 맥락의 정서가 조금 있는데, 상대적으로 은영보다 훨씬 약하죠. 한국에 대한 기억이 거의 없을 때 떠났으니."

"당신에게도 그런 정서가 있다고요?"

"물론이죠. 아, 이건 어떻게 말로 잘 설명되지 않는 감정이에요. 지금의 은영처럼. 걱정하지 마세요. 이건 분열도 아니고 혼돈도 아니에요. 나도 이제야 조금 둔감해지더라고요. 그냥 떨어져 있던 두 자아가 천천히 두 손을 맞잡는 과정 같은 거라고 이해해야죠. 한국에 올 때마다 내가 느꼈던 감정과 매우 비슷해서 놀라워요. 나만 그렇게 느낀 게 아니라는 걸 확인하니, 반갑고요."

"다른 시간에 정착하는 과정 같은 거군요."

놀라운 사실을 배운 것처럼 내가 말했다.

"그렇죠. 새로운 곳에 정착해도 떠나온 곳을 다 알지 못하고 왔다는 생각이 결핍처럼 남아 있는 이민자들의 정서이기도 하고요. 그렇게 지나간 시간과 공간에 대해 애도하는 거죠. 그 안에 남겨진 상처들을 떠올리면서요."

꾹 참았던 눈물이 후드득 떨어져 내렸다. 내 안에 고여 있는 슬픔이 낯설지 않아서 눈물을 멈출 수 없었다. 리사가 말없이 가방에서 티슈를 꺼내 내게 내밀었다.

"무기력하고 원인이 불분명한 우울한 상태의 감정을 애도라는 이름으로 부를 수 있다니 너무 놀라워서요."

"이것도 어쩌면 노아가 은영에게 선물한 또 하나의 선물이 아닐까요?"

"또 하나의 선물이라고요?"

리사의 말을 금방 알아듣지 못했다.

"노아는 떠났지만, 은영은 오래 헤어졌던 또 하나의 자신을 만났으니까 선물인 셈이죠."

예상치 못한 답변이었다. 리사가 얼굴에 부드러운 미소를 지으며 나를 바라보았다. 그건 누구보다 자신이 잘 알고 있다는 듯 고개를 끄덕였다. 그 시간을 겨우 통과해 지금의 여기라고. 그렇게 말하는 것만 같았다.

"안심하고 날 꼭 붙들어요. 의식의 진공상태를 경험한 사람에게 내미는 지팡이 같은 거예요. 내 팔 제법 탄탄해요."

나는 리사가 내민 한쪽 팔에 내 팔을 걸쳤다. 깊은 곳에서 차오르던 흐느낌이 천천히 잦아드는 것만 같았다.

"당신도 한국에 왔을 때 그런 감정을 경험했나요? 모호하고 불분명한 상태의 우울감이요?"

당당하고 자신감 있게 보이는 리사에게 던질 질문은 아닌 것만 같았다.

"물론이죠. 멀리 떠났다 되돌아온 자들만이 느끼는 시간과 공간에 대한 상실감이 내게도 있어요. 평생 같은 곳에 사는 사람도 가끔 경험할 수 있는 감정이죠. 솔직히 내가 그런 감정을 경험하지 않았다면 은영을 이해할 수 없었을 거예요. 내가 겪은 상처만큼 삶을 이해할 수 있다는 사실은 과학이에요."

나는 리사의 표현이 몹시 적절하게 느껴져 깊이 공감한다고 말했다.

"나도 버지니아 공대 사건을 떠올릴 때가 있어요. 잊히지 않는다는 말이 맞아요. 그럴 때면 내가 타인을 이해하기 위해 얼마나 많은 것들을 경험해야 하나 자신에게 묻곤 해요. 모든 걸 경험할 필요는 없죠. 당연히. 그 청년의 심정을 우리가 왜? 그리고 어떻게 이해할 수 있겠어요? 그건 불가능하잖아요. 이해하려는 시도만으로 우리가 악인 같고, 피해자나 피해자 가족이 아니라는 방증 같아서 오히려 불경스럽게 느껴지기도 해요. 무언가를 온전히 이해한다는 자체가 어찌 보면 불가능하고 끔찍한 일이고요. 그렇다고 그를 그냥 살인마, 악마, 이렇게 부른다고 마음이 편하지도 않아요. 그와 우리가 완벽한 타인이라고 누가 말할 수 있을까요. 왜 그는 그렇게 할 수밖에 없었을까. 정말 그 방법밖에 없었을까. 가끔 그런 의문이 솟구쳤어요. 동시대를 건너가는 한 인간으로서 적어도 진지한 질문 하나는 내게 던져야 하지 않을까. 그래야 나도 조금은 정의롭지 않을까. 그렇게 스스로 타협하면서요."

"그가 한국 사람이기 때문에 감정이입이 더 되는 면도 없지 않겠죠?"

"전혀 없다고 할 수는 없겠지만……. 꼭 그게 다는 아닐 거예요."

내가 리사에게 그런 질문을 던진 이유가 있었다.

"전에는 그런 생각이 들지 않았는데, 내가 지금 한국에 있어서 그런지…… 노아가 만약에 한인 입양자가 아니었다면, 내가 이민자가 아니었다면 지금보다 조금은 덜 힘들지 않았을까, 그런 생각을 할 때도 있어요."

"이민자로서 느꼈던 결핍에 덧씌워진 슬픔 같은 것이겠죠. 슬픔을 받아들이는 보통의 우리 모습이에요. 기억의 축적은 느낌을 지속시키니까요."

202

우리는 어느새 허름하고 오래된 집들 사이에 놀라우리만치 세련된 양옥들이 보이는 골목을 걷고 있었다. 족히 100년의 세월이 함께 흐르는 동네라고 불러도 좋을 듯했다. 폐지를 잔뜩 실은 리어카 옆으로 미끄러지듯 검은색 벤츠가 지나가는 모습을 보니 그런 느낌이 더 강렬하게 들었다. 리사가 어느 집 울타리를 가리키며 감탄했다. 감들이 주렁주렁 매달린 나뭇가지가 담장 너머까지 뻗어 있었다.

"한국 사람들은 감으로 여러 가지를 만들더군요."

나도 모르는 걸 리사가 알고 있는 게 신기했다.

"꽃과 잎으로 부각도 만들고, 딱딱한 감으로 장아찌도 만들고 식초도 만들고 게다가 누룩을 띄워 감 막걸리도 만든대요. 일 년 내내 정말 쉴 틈 없었겠죠. 그 모든 일을 여자들이 애를 키우며 했어요. 노동이고 일상이고 취미고 특기처럼요. 한국 여성들에 관해 조사하면 할수록 내 안에 어떤 근성과 닿아 있다는 생각이 들 때도 있어요."

리사가 나지막한 목소리로 나를 보며 말했다.

"혹시, 친부에 대한 건 전혀 모르나요?"

리사에게 조심스럽게 내가 물었다. 그가 유난히 엄마에게만 집착하고 있다는 생각도 없지 않았다.

"기관에 신청해놓긴 했어요. 유전자 등록도 하고. 나띵(Nothing)!"

리사가 어깨를 으쓱하며 빠르게 대답했다. 리사는 어떤 결과도 다 괜찮아 보였다.

"유년의 집 프로젝트를 실감 나게 해보려고 제 열정을 그곳에 쏟고 있어요. 한국 전통 생활 방식, 특성, 지방색, 가족관, 주택 구조, 음식, 학교생활, 계절의 특징들을 거의 외울 만큼 많이 조사했어요. 의뢰인들이 그런 것들까지 속속들이 준비할 것 같지는 않아서요. 데이터베이스를 구축하려면 더 많은 정보가 필요하지만요. 누군가의 유년기를 복원하려면 꼭 필요한 절차예요. 허투루 하고 싶지 않아요. 남의 일이 아니니까요."

리사는 언젠가부터 조금씩 엄마를 다른 각도로 보기 시작했다는 말도 덧붙였다. 오랜 시간 프로젝트를 준비하면서 자연스럽게 얻은 결과라고 말했다. 독립된 한 여성의 삶으로 받아들이기 시작하자 엄마의 삶을 더 이해하게 되었다고.

"그건 기쁨도 슬픔도 아닌 어떤 동지애 같은 끈적함 같은 거였어요. 내가 아들이 아닌 딸로 태어나 그런 것 같아요."

리사가 읊조리듯 중얼거렸다. 나는 깊이 이해한다는 듯 고개를 끄덕였다.

길이 점점 넓어졌다. 리사에게 나머지 일정을 물었다. 딸에게 선물할 것들을 사고 출국 준비를 하겠다는 대답이 돌아왔다. 그리고 서울 거리를 구석구석 걷겠다고.

"집으로 돌아가기 전, 늘 혼란스러운 순간과 마주쳐요."

불안이 조금 묻어 있는 리사의 목소리가 내 걸음을 붙들었다.

강인해 보였던 리사의 눈빛이 흔들리며 내 시선을 피했다.

"다시 올까, 이대로 영원히 돌아오지 않고 내 안에 남겨둘 까……."

아직도 그 답을 찾지 못했다며 리사가 뒷말을 삼켰다.

"여행자의 권리까지 포기할 필요는 없어요, 미순 언니."

내 대답이 엉뚱할 수도 있었다. 리사가 두 손으로 천천히 얼굴을 쓸어내리며 고개를 끄덕였다. 낯빛이 조금 환해진 것 같았다.

"오늘은 서울의 늦가을을 만끽하며 걸으려고요."

리사의 목소리가 밝아져 마음이 놓였다. 어느새 대로변이었다. 우리는 각자의 길을 더듬어보는 사람처럼 이정표를 보며 방향을 살폈다.

"우리 또 언젠가 만나겠죠?"

"물론이죠."

리사는 호텔까지 걸어가겠다고 말했다. 나는 버스 정류장이 보이는 반대 방향으로 가면 되었다.

"고마워요, 미순 언니."

우리는 길에서 작별의 포옹을 오래 나눴다. 언니에게 여름 숲 냄새가 난다고 농담을 던지자 미순 언니가 내 트레이드마크! 하고 소리쳤다.

버스 정류장이 코앞이었다. 나는 걸음을 멈추고 뒤돌아보았다. 리사가 모퉁이를 돌아 호텔 방향으로 사라지는 모습이 보였다.

현진네 가게로 갈까.

혹시나 하는 마음에 메시지를 살펴보았다. 현진에게서 온 문자는 없었다.

*

현관문을 열고 들어서다 멈칫했다. 벌써 왔나? 현관에 놓인 현진의 신발을 눈으로 쓸며 현진의 이름을 불렀다. 아무 기척이 없었다. 주방에도 거실에도 현진은 보이지 않았다. 페인트 냄새가 희미하게 났다.

내가 잠자는 방의 문이 빠끔히 열려 있었다. 침대가 한쪽으로 치워져 있고 현진은 내가 들어온 것도 모르고 커다란 이어폰을 끼고 붓을 든 채 벽면을 향해 서 있었다. 벽화가 말끔하게 지워져 있었다. 현진이 오리 그림을 그렸던 마음과 작별하고 있다는 생각이 들었을 때 나는 조용히 몸을 돌렸다. 현진에겐 고통의 마지막 순간일지도 몰랐다. 그 순간은 오롯이 고통을 감내한 현진의 몫인 것 같았다. 문 옆에 낡은 스케치북이 잔뜩 들어 있는 쓰레기 봉지를 집어 들었다. 현관문 손잡이를 소리 나지 않게 돌렸다. 현진을 위해 내가 할 수 있는 일이 그것뿐이라는 듯.

저녁 빛으로

"아직 있을까, 그 절?"

커피를 마시던 현진이 고개를 들며 물었다. 막 사과 껍질을 벗기려던 내가 눈빛으로 무슨? 하고 물었다. 예전에 우리가 살던 동네 뒷산 중턱에 있는 절이라고 했다. 기억났다. 한국은 너무 빠르게 변해서 그 작은 절은 이미 사라지고 없을 것 같았지만.

"근데, 거긴 왜?"

현진이 오늘 알바생이 가게를 보는 날이라고 말하다 불쑥 절 이야기를 꺼내서 궁금했다. 현진은 대답 대신 바로 핸드폰을 집어 들었다. 검색을 하고 전화번호를 찾아 버튼을 바로 누르는 데 채 1, 2분도 안 걸렸다.

"있다, 있어! 송은영, 봤지? 와, 기억 녹슬지 않았네, 장현진!"

전화기를 귀에 바짝 갖다 대고 현진이 아이처럼 소리쳤다.

"아직 있어? 그 절이?"

현진의 목소리가 힘 있게 느껴지는 것만으로도 좋아서 나도 덩달아 목소리를 높였다. 현진이 고개를 끄덕이며 입술에 손가락을 갖다 대더니, 쉿! 했다. 상대방에게 절 이름을 확인하던 현진이 손으로 입을 가리며 고개를 계속 끄덕였다. 낯빛이 환해지는 걸 보니 맞는 모양이었다. 현진이 빠르게 메모를 했다.

"갈까? 오늘?"

나는 좋다고 했다. 현진은 벌써 마음이 급한지 커피잔을 들고 일어섰다가, 가게에서 급한 일만 처리하고 오후에 출발하자고 말했다.

*

다시 벽화 앞에 섰다.

어젯밤, 쓰레기를 버리고 동네 주변을 돌다 두어 시간 후에 내가 돌아왔을 때 현진은 여전히 등을 돌린 채 뭔가를 그리고 있었다. 깃털 같고 꽃잎 같은 색색의 점들이 벽 한가운데에서부터 둥근 원을 그리며 달무리처럼 퍼져 나가는 그림이었다. 현진이 붓을 내려놓고 벽을 응시하고 있을 때 다가갔다. 멋지다. 정말 멎져. 나는 현진의 어깨를 가만히 두드렸다. 현진이 놀라며 뒤돌아섰다. 너 한국 떠나고 천천히 그리려고 했는데, 왠지 네가 보고 가면 좋을 것 같았어. 현진이 어색한 표정으로 이어폰을 빼며 말했다. 물감 냄새 때문에 거실에서 자기로 했다. 우리는 바닥에 전기장판을 깔고 누웠다. 바닥은 따뜻한데 이마와 콧잔등은 서늘해서 캠핑이라도 온 기분이었다. 보일러 틀까? 현진이 물었다. 아니. 이대로가 좋아. 현진은 이불을 턱 끝까지 끌어당기며 그래 이대로 자자,고 했다. 전등을 다 꺼도 실내는 여전히 푸르스름한 빛이 감돌았다. 망구도 잠들고 옆집 물 내리는 소리조차 들리지 않는 고요한 밤이었다. 베란다 통창으로 밤하늘이 보였다. 잠들지 않은 도시의 불빛이 하늘 한쪽 끝을 푸르스름하게 물들였다. 고마워. 정적을 깨고 현진이 가만히 속삭였다. 그건 정작 내가 할 말 같았다. 나도 고마워, 현진아. 근데, 그림 제목이 뭐야? 정했어? 내가 물었다. 말줄임표야. 굳이 제목을 붙인다면. 응? 응. 내가 삼킨 말들, 차마 꺼낼 수 없던 수많은 말을 점으로 그렸어. 침묵과 달라. 내 방식의 목소리야. 보기에는 비슷해도, 다 다른 말이야. 나지막한 현진의 목소리가 작은 거실을 채웠다. 현진이 숱하게 찍은 작은 점들 속에 내가 삼킨 말도 있을 것이었다. 보여? 나는 보일락 말락 멀어지는 반달을 가리키며 물었다. 누워 있지 않았다면 만나지 못했을 달이다. 현진이 내게 머리를 기대며 고개를 길게 뺐다. 그림처럼 예쁘

네. 뭐야, 저 달도 네가 그렸다는 말이야, 나 보라고? 내가 농담하듯 묻자 현진이 천연덕스럽게 물론이라고 대답했다.

벽화는 잘 마르고 있었다.

희미한 유화 물감 냄새가 코끝을 스친다. 카메라를 들었다. 뷰파인더에 잡힌 점들이 새순처럼 반짝이는 것만 같았을 때 나는 조심스럽게 셔터를 눌렀다. 찰칵 소리가 그 어느 때보다 명랑하게 들렸다.

*

스님이 알려준 전철역은 익숙한 동네 이름이었지만 내가 기억하던 것들은 사라지고 없었다. 에스컬레이터를 타고 지상으로 올라왔을 때 눈이 휘둥그레졌다. 홀러덩 뒤집힌 옷처럼 앞뒤를 분간할 수 없을 정도로 처음 보는 동네였다. 현진도 나 못지않게 놀란 듯했지만 척척 길을 찾아 앞서 걸었다. 우리는 스님이 말한 아파트 단지 안으로 들어섰다. 신축 건물들을 지나자 낡고 허름한 저층의 오래된 아파트 단지가 흉물스럽게 모습을 드러냈다. 대로에서 보면 전혀 상상할 수 없는 광경이었다. 칠이 군데군데 벗겨진 건물들은 찢어진 옷을 걸쳐 입은 듯했고 거북의 등처럼 어지럽게 갈라 터진 균열 사이로 녹슨 철근이 삐져나온 곳도 있었다. 유리가 반 정도 깨진 창문도 눈에 띄었으며 베니어합판으로 조악하게 창 전체를 가린 곳도 보였다. 공사비 증액에 반발한 주민들의 플래카드가 어지럽게 시야를 가리며 나부꼈다. 어느 젊은 엄마가 아무렇지도 않게 아이의 손을 잡고 건물 밖으로 걸어 나오고 있어서 믿기지 않았다. 서너 동을 지나자 바로 산길로 이어지는 오래된 돌계단이 보였다. 그제야 우리는 아, 하고 감탄하며 주위를 둘러보았다. 저층의 아파트 단지가 어딘가 모르게 낯익은 장소처럼 보였던 이유를 그제야 알아차렸다.

"단지 초입 어디에 약국 있지 않았었나?"

현진의 말에 나는 고개를 갸웃하며 발아래 단지 입구를 바라보았다. 고층 건물들을 시야에서 지워도 예전의 살던 동네 모습이 선뜻 눈앞에 그려지지 않았다. 어떤 시간은 흔적을 남기지 않고 사라졌다는 게 놀라울 뿐이었다.

골짜기에서 쏟아져 내린 물줄기가 제법 힘 있게 흘러갔다. 몇개 남은 붉은 단풍잎이 매달린 나뭇가지가 오후의 햇살을 받아내고 있었다. 현진과 나는 앞서거니 뒤서거니 하면서 올랐다. 숨이 조금씩 가빠졌다.

"너 곧 간다고 하니까, 너와 함께 여기까지 온 노아 씨에게는 내가 뭘 해줄까. 생각하다가……."

현진이 숨을 몰아쉬더니 바위에 걸터앉으며 말했다.

"등이라도 달아주고 싶었어. 동아라는 이름을 들었을 때부터 막연하게 그런 생각이 들었어. 괜찮지?"

전혀 생각지도 않은 말이 현진의 입에서 흘러나왔다. 반나절 '추억여행'이나 가자던 말에 가볍게 따라나선 길이었는데 가슴이 먹먹해졌다.

돌계단을 오르자 절 앞마당이 환하게 눈에 들어왔다. 내가 기억하는 것보다 작은 절이어서 언젠가 엄마와 함께 와봤던 곳이 맞는지 잠시 의아했다. 석탑이 있는 연못 주변에 이르러서야 나는 고개를 끄덕였다. 기억 속 공간이었다. 현진은 부처님께 절을 올린다며 대웅전으로 먼저 향했다. 나는 대웅전 뒤 소나무숲을 떠올리며 몸을 돌렸다.

진하고 알싸한 솔향이 코끝을 스쳤다. 엄마가 불공을 드릴 동안 이 숲을 기웃거리던 기억이 났다. 나는 몇 번이나 깊게 심호흡을 하며 눈을 감았다. 들숨과 날숨 끝에 노아가 머물기 좋은 곳이라는 생각이 들었다.

"아, 저기 스님 오신다!"

대웅전을 나서던 현진이 반갑게 소리쳤다. 낯빛이 환한 비구니 스님이 두 손을 합장한 자세로 우리를 향해 걸어오고 있었다. 걸음이 느리고 등이 조금 굽은 노스님이다. 스님은 작은 주방이 내다보이는, 사무실 겸 거실처럼 보이는 곳으로 우리를 안내했다. 이마가 푸르스름한 젊은 비구니 스님이 차를 가져다 놓고 소리 없이 나갔다. 깨끗한 흰 종이 타는 냄새 같은 잔향이 남왔다.

"스님, 저는 천주교인으로 세례를 받고 뭐 찔리는 일 있을 때마다 가끔 성당에 나가는 사람이에요."

현진은 스님과 마주 앉자마자 고해성사하듯 말했다. 그런데도 절에 온 이유가 있다는 말을 먼저 하고 싶은 모양이었다.

"나도 성당에 가끔 가요. 내 친한 친구가 수녀거든요."

스님은 그게 뭐가 대수냐는 눈빛이었다.

현진이 스님에게 노아의 얘기를 들려주었다. 출생에서 죽음까지, 한 인간의 삶을 말해주는 데 채 5분도 안 걸렸다. 스님은 지그시 두 눈을 감고 현진의 얘기를 들었다. 우리가 여기에 온 심정을 헤아리는 듯 천천히 염주를 돌렸다. 예전에 우리가 산 아래 동네에서 유년기를 보냈다고 현진이 말했을 때 스님이 눈을 뜨고 나를 바라보았다. 나는 가볍게 고개를 숙이며 눈인사를 건넸다. 엄마가 이 절에 다녔을 때 있던 스님일지도 몰랐다. 한국에 오니 내가 마주치는 모든 우연이 우연 같지 않았다. 현진은 계속 노아의 얘기를 스님에게 들려주었다. 내가 통과한 시간이 그 이야기 속에 함께 있었다. 작은 것 하나도 놓치지 않고 기억해준 현진의 마음이 느껴져 왠지 숙연해졌다.

"등을 달려면…… 이름과 생년월일은 알지요?"

스님이 흰 종이와 펜을 집어 들며 물었다. 현진이 나를 쳐다보았다. 어떤 이름으로 걸지? 그런 눈빛처럼 느껴졌다. 나도 그 생각을 하던 참이었다.

"세 개의 이름으로 달 수 있을까요?"

스님이 내 말에 무슨 영문이냐는 듯 나와 현진을 번갈아 바라보았다.

*

목덜미에 닿은 공기가 서늘했다. 짧은 해가 서쪽 하늘에 붉게 걸려 있다. 저녁이 한 뼘 일찍 찾아오는 곳이었다. 걸음을 옮길 때마다 낙엽들이 바스락거리며 몸을 뒤척였다. 저녁 새들이 어둠을 물고 숲으로 후드득 날아들었다. 스산했던 숲이 금세 새소리로 채워졌다.

"그냥 따로따로 등을 달 걸 그랬나? 언제든 마음 바뀌면 알려 줘. 내가 다시 올게."

현진은 세 개의 긴 이름으로 등을 달고 온 게 못내 마음에 걸리는 모양이었다. 나는 세 개의 이름 모두 노아의 이름이라고, 이제야 완전체라고 다짐하듯 말했다.

"남자아이-1이라는 이름을 스님이 바로 못 적으시더라."

"응. 나도 봤어."

"마음이 아프셨나 봐."

"응."

214

"노아 씨 가는 길이 조금 환해졌겠다. 그치?"

"잘 걸어갈 거야."

내 입에서 주어가 생략된 문장이 흘러나왔다. 앞으로 먼 길을 걸어가야 할 우리를 축복하고 싶은 바람과 의지도 담겨 있었다.

"현진아, 언제든 나 사는 곳으로 놀러 와."

"아, 생각만 해도 근사해. 미국 여행!"

우리는 어둑어둑해지는 산길을 등지고 내려왔다. 내리막길이 시작되는 곳에 이르자 불 켜진 창들이 점점 더 많이 보였다. 앞이 조금씩 환해지는 것 같았다. 후미등 불빛들이 붉은 띠처럼 이어지는 길이 성탄절 전구를 달아놓은 듯 반짝였다. 불빛들이 지치지 않고 계속 어딘가로 흘러가길 바라는 사람처럼 우리는 여행 얘기를 멈추지 않았다. 정말 갈 수 있을까? 현진은 몇 번이고 물었고, 나는 응, 응 계속 대답했다.

앞서 길을 내려가던 현진이 갑자기 걸음을 멈춰서 나도 따라 멈췄다. 현진의 등 너머 검붉은 하늘이 거대한 돔처럼 보였다. 먹장구름 사이로 환하고 투명한 빛이 수직으로 지상에 내리꽂히는 장관이 펼쳐지고 있었다. 하루의 마지막 빛이었다. 있는 힘껏 어둠을 밀어내며 우우우 빛의 소리를 터트리듯 강렬했다.

"저기 좀 봐, 은영아."

현진은 오래된 비밀이라도 발견한 사람처럼 조심스러운 목소리로 나를 불렀다. 나는 현진이 어디를 말하는지 금방 알아챘다. 올라오면서 보았던 오래된 아파트 단지 모서리였다. 철근 조각이 휘어진 채 삐져나오고 유리창이 깨진 그곳은 더 이상 흉물스러운 곳이 아니었다. 폐허의 순간을 삼켜버린 듯 황금빛으로 빛나고 있었다. 갈라지고 깊이 팬 자리가 마지막 빛의 자리라는 걸 겨우 알게 된 사람처럼 우리는 하염없이 그곳을 바라보며 서 있었다. 현진은 자신이 걸어온 지난한 시간과 작별하듯 두 손으로 천천히 얼굴을 쓸어내렸다. 나는 노아와 왈츠를 추며 거실을 빙빙 돌던 순간을 선연한 빛줄기처럼 되살리고 있었다. 고통으로 기억되었던 그 밤이 비로소 아름답게 다가왔을 때 눈가가 붉게 물든 것만 같았다.

노아, 우리 춤을 출까요?

나는 노아에게 건넨 다정한 말을 인사처럼 떠올렸다. 우리에게 축제의 순간도 있었다고.

에필로그

　"추모석이, 분명 희생자는 서른두 명인데 추모석이 서른세 개였다는 거야. 혹시 내가 잘못 알고 있던 건 아닐까 싶어서 그 때 뉴스 다시 찾아 읽었더니, 며칠 뒤 추모석 하나가 치워졌다고 하더라. 맞아?"

　현진은 나와 J작가를 번갈아 보며 내게 물었다. 내가 살던 곳과 멀지 않은 곳에서 터진 총격사건이라는 걸 알고 더 자세히 알고 싶은 모양이었다.

　"서른세 개였다고, 추모석이?"

　"몰랐어?"

　현진이 눈을 동그랗게 떴다. 몰랐다. 솔직히 알고 싶지 않았다. 그 사건과 관련된 뉴스나 신문을 찾아 읽는 것 자체가 고통이었다. 나도 지독히 힘든 시간을 지나고 있었을 때였다.

그래도 추모석이 서른세 개였다니. 나는 J작가에게 이유를 아느냐고 물었다. 그는 흰 머리칼을 천천히 쓸어 올렸다.

"그날의 희생자는 모두 서른세 명이니까요."

J작가의 대답은 의외로 간단했다. 나는 희생자 숫자를 다시 떠올리며 내 기억을 의심했다. 현진이 말했던 것과 똑같이 그날의 희생자는 모두 서른두 명이라고 J작가에게 상기시켰다.

"폭력이라는 이름 앞에 희생된 사람은 모두 서른세 명이죠."

스물세 살 그 청년도 폭력의 희생자라는 말처럼 들렸다. 완전히 공감하기 어려웠다. 그가 죽인 사람 숫자에 그의 죽음도 함께 얹어야 한다는 말이 와닿을 리 없었다. J작가의 대답이 감상적인 휴머니스트의 말처럼 들리기도 했다.

"어떻게 다른 죽음을 같은 죽음으로 받아들일 수 있어요?"

전혀 예상하지 않던 대답이라 조심스럽게 내가 물었다.

"폭력이라는 고리를 그렇게라도 끊어내겠다는 결의 아니었을까요?"

"누가요?"

"희생자들을 애도하는 남겨진 자들의 성숙한 결정이었다고 봐요. 폭력이라는 이름으로 행해지는 모든 광기에 저항하기 위해 같이 피를 흘리는 마음이죠. 사실 말처럼 쉽지는 않은 결정이었을 거예요. 애도보다 복수가 더 쉬운 세상에서 거의 불가능한 일이죠. 내 가족 중에 희생자가 있었다면, 과연 나는 그렇게 행동할 수 있었을까. 솔직히 반대는 하지 않더라도 찬성은 할 수 없었을 거예요. 유가족들에게는 가슴을 도려내는 결정이었을 테니까요. 희생자의 피가 복수의 칼마저 녹였다는 서사시, 《베오울프》의 한 대목을 오래 묵상했어요. 누군가 복수의 총탄을 날렸다면 어땠을까. 세상 모든 전쟁은 그렇게 시작된 것은 아니었을까. 상상만으로도 끔찍했어요. 그래서 더 깊이 유가족들의 마음에 이입이 되었고 일상의 작은 폭력 앞에서도 날을 세우고 경계하게 되었어요. 마치 그게 내가 할 수 있는 전부인 것처럼요."

J작가의 목소리가 긴 여운을 남기며 사라졌다.

나는 고개를 돌리고 현진을 바라보았다. 우리의 눈빛이 허공에서 잠시 부딪쳤다. 현진은 J작가의 대답이 무척 궁금한 모양이었다. 나는 현진이 바로 내 옆에, 그것도 J작가 통나무집에 함께 있다는 사실이 여전히 믿기지 않았다. 현진은 아트페어가 열리는 로스앤젤레스 일정을 끝내고 곧장 내게 날아온 것이다.

현진이 J 작가의 말을 온전히 받아들일 수 있을까.

짧은 순간에도 나는 속으로 고개를 저었다. 그러다 나는 마음을 바꿨다. 이 자리에 함께 있는 것만으로도 현진은 대화의 내용을 알 자격이 있었다. 나는 J작가의 말을 그대로 전했다. 현진은 퀼트 쿠션을 가슴팍으로 가져가 가만히 끌어안았다.

와인을 가져오겠다며 J작가가 일어서더니 아직 남은 말이 있다는 듯 멈칫했다.

"솔직히…… 추모석을 서른세 개로 놓은 마음과 며칠 뒤 누군가 한 개의 추모석을 치워버린 그 마음 모두 이해되어요. 제가 놀란 건 그 당시 그 상황에 누군가가 그 스물세 살 청년도 폭력의 희생자였으니 같이 추모하자고 생각하는 거에 그치지 않고 행동에 옮겼다는 거죠. 저는 그게 참 중요하다고 생각해요."

J작가의 말을 현진에게 마저 옮겼다. 현진이 내 말을 곱씹는 표정을 짓더니 천천히 고개를 끄덕였다.

"아까 그 여자 봤니?"

"누구?"

"사실 나는 그 여자를 내내 생각했어."

현진은 '그 여자'를 노리스홀 앞에서 스치듯 보았다고 했다. 그제야 나도 계단 한쪽에 앉아 추모석이 놓여 있던 교정 한끝을 바라보는 여자의 실루엣을 떠올렸다. 상념에 젖어 있던 옆모습과 아무렇게나 걸쳐 입은 스웨터에 작고 흰 꽃다발을 들고 있던 동양 여자. 그때는 무심코 지나쳤는데, 희생자 가족 중 한 명이겠거니 했는데, 이제 와 생각하니 뭔가 다른 것도 같았다.

"그래, 그 여자……. 추모석이 놓여 있던 자리를 오래 바라보던 모습이 기억나."

"그 여자에게서 오래전 내 모습을 봤어. 피해자인데, 마치 죄인처럼 움츠린 모습 같은."

현진의 눈에 그 여자가 들어올 수밖에 없었던 이유는 너무도 분명했다.

"그 청년의 친구일까, 가족일 수도 있고……."

"누나?"

우리는 서로 묻고 말없이 서로를 잠시 바라보았다. 죽음 자체를 애도하는 사람일 수도 있었다. 가해자나 피해자의 이름이 아닌 인간의 죽음을.

J작가가 한 손에 와인 병을, 다른 한 손에 치즈와 크래커를 담은 접시를 들고 와 테이블 위에 놓았다. 세 개의 유리잔에 붉은 와인이 채워졌다. 통나무집 안으로 깊숙이 들어온 오후의 봄 햇살이 부드럽게 실내를 지나고 있었다.

"우리 할아버지, 참 대단하죠? 모든 걸 미리 알고 오늘을 위한 장소를 준비한 사람처럼."

와인으로 입술을 축이며 J작가가 말했다. 현진에게 뒤를 돌아보라며 책장 위에 있는 사진 액자들을 가리켰다.

"제 할아버지예요. 한국에서 태어나 열여섯 살 때 하와이로 건너와 사탕수수 노동자로 일했는데, 결혼해서 캘리포니아를 거쳐 이곳에 정착했어요. 자식도 아니고 손주를 보고 나서야 미국이라는 나라에 마음의 뿌리를 내렸대요."

현진이 벽장 쪽을 바라보았다.

"열여섯 살?"

현진이 혼잣말처럼 중얼거리며 사진을 바라보았다.

"아무리 그래도 청.국.장. 용서가 안 돼요."

J작가가 고개를 설레설레 흔든다. 나는 이미 책에서 읽었던 이야기라 내용을 짐작하며 웃었다. 인상을 찌푸리면서도 미소를 잃지 않는 J작가의 표정을 보니 은근히 그 이야기를 즐기는 것도 같았다. 청국장이라는 한국어를 바로 알아들은 현진도 사진을 바라보던 시선을 거두고 눈빛을 반짝였다.

"냄새나고 칙칙한 작은 창고 같은 식당이었어요. 그 고약한 냄새. 하, 지구상에 그런 음식이 있다니! 할아버지가 입맛을 다시며 주먹을 꾹 쥔 손으로, 군침이 흘러내린 그 입술을……."

J작가가 주먹을 쥐고 입가를 닦는 시늉을 했다.

"아들이, 그러니까 젊은 내 아버지가 죽은 지 며칠 되지도 않았고……. 아버지를 잃은 내 마음은 안중에도 없는 사람처럼 보였어요. 군침이 고이다 흘러내린다는 말을 들어는 봤어도, 직접 본 건 처음이었어요. 가난하고 무지한 사람들이 하는 짓이라고 생각했었는데, 내 할아버지가, 롤스로이스를 타고 부하 직원을 호령하던 할아버지가, 바로 내 눈앞에서 자꾸 젖은 입술을 닦는 거예요. 야만스럽고 무지하게 느껴졌어요. 창피하기도 하고 화가 나기도 했어요. 할아버지는 그 시커먼 작은 항아리 같은 그릇에 담긴 청국장을 거의 흠향하듯 깔끔하게 비우더니 바닷가 근처 공원으로 차를 몰았어요. 식당에서 공원까지 가는 길에 차창 문을 활짝 열어놓고요. 내가 모래를 갖고 노는 동안 할아버지는 양복 상의를 벗어 탁탁 털고 그것도 모자라 중절모와 셔츠와 바지를 손으로 씻어 내리기를 수없이 반복하더군요. 태양은 타들어갈 듯 지글거렸고, 푸른 바다에 흰 파도가 출렁이는 더없이 눈부신 날이었는데, 이상하게, 신비할 정도로, 그 모든 풍경 속 할아버지 실루엣만 흑백사진으로 기억에 남아요."

나는 현진에게 한국말로 다시 들려주었다.

"한 사람을 추억하는 데 아무리 얘기해도 질리지 않는 에피소드가 있다는 건 축복이네요!"

나는 현진의 말을 J작가에게 그대로 전했다.

"내가 만난 한국 사람 중에 현진이란 이름은 없었어요. 기억할게요."

카랑카랑한 J작가의 목소리가 우리의 기운을 북돋는 것 같았다.

"그런데 누구의 힘으로 우리 셋이 지금 여기 함께 있는 걸까요?"

조금 짓궂은 표정으로 J작가가 물었다. 우리는 서로를 바라보았는데, 마치 현진은 J작가의 말을 알아들은 사람처럼 나를 바라보더니 "은영?" 하고 물었고, 나는 "엉?" 그랬으며, J작가는 어색한 한국말로 "아마도 현진?"이라고 말해서 모두 웃었다.

J작가가 굼뜨게 일어섰다. 페치카에 장작을 더 넣어야겠다며 테라스 쪽으로 몸을 돌렸다. 내가 도와줄까 물었더니 현진과 동네를 둘러보고 오라고 말했다. 황금빛 오후 햇살이 삼나무 숲을 물들일 시간이었다. 나갈까? 현진에게 눈으로 물었다. 현진은 대답 대신 머플러를 목에 두르며 일어섰다.

　"곧 헐린대."

　오랜 분쟁 끝에 현진이 살던 동네에 재개발 승인이 떨어졌다고 했다. 좋은 소식인지 나쁜 소식인지 금방 판단이 서지 않았다. 현진의 집에서 먼 곳을 바라보며 생각에 잠겼던 시간이 아련하게 떠올랐다. 내가 기다린 것은 현진의 귀가만은 아니었다. 창밖 풍광들이 자박자박 다가와 내게 말을 걸었던 순간들이 있었다. 피아노 건반처럼 길게 이어진 지붕들과 층층이 낮아지던 집들을 바라보며 오랫동안 잊고 있었던 미래라는 단어도 다시 떠올릴 수 있었다.

　"이사 가야 하는데 이상하게 마음에 드는 곳이 없네."

　"망구네는? 형제마트는 문 닫았겠네? 그 옆집 여자는 이사 갔어?"

　"망구네는 이미 결정된 사항인데도 재개발 계속 반대하고, 형제마트는 벌써 문 닫았고, 그 옆집 여자는…… 물소리는 이제 안 들리더라."

　"네 그림도 없어지는 거잖아……."

"한 번 그려본 걸로 이미 충분해."

담담하게 현진이 말했다.

"언젠가 내가 한국에 가도 그 동네는 사라지고 없겠구나."

"세련되고 화려하고 고급스럽게 변해 있겠지. 다른 뭔가로."

내게 특별하게 각인되었던 공간이 영영 사라진다는 말이었다.

골목이 깊었다.

숲과 나무에 가려진 지붕 한끝이, 잘 손질된 정원 한 모퉁이가 보석처럼 반짝이다 등 뒤로 멀어졌다. 방금 칠을 한 듯 보이는 창이 많은 집은 아름다웠다. 아이들의 웃음소리가 들리는 어느 집 앞에서는 시큼한 토마토소스 냄새가 바람결에 묻어 있었다. 우리는 막다른 골목에서 통나무집을 향해 다시 되돌아 걷기 시작했다. 통나무집 지붕 위로 하얀 연기가 하늘로 올라가는 모습이 그림 엽서처럼 예쁘다고 현진이 말했다.

*

이른 아침부터 서둘렀다. J작가는 집으로, 나와 현진은 빈티지 숍들이 많은 스톤턴을 거쳐 리사를 만나러 동부 쪽으로 갈 계획이었는데 차가 발목을 잡았다. J작가와 인사를 나누고 현진과 내가 차에 타 시동을 걸었을 때였다. 쇠와 쇠가 맞물리며 틀어지는 소리가 귀청을 찢었다. 옆에 앉아 있던 현진이 내가 해볼까? 물었다. 나는 괜찮다며 다시 시동을 걸었고 끄드득, 끄드득 소리가 희미하게 몇 번 들리다 그 소리마저 멈췄다. 차가 죽었네. 나는 머리를 긁적이며 난처한 목소리로 말했다.

J작가가 동네에 은퇴한 차 정비사가 살고 있으니 간단한 수리는 가능할 거라고 안심시켰다. 그에게 바로 전화해 도움을 요청했다. 10여 분만에 차 한 대가 들어섰다. 건장한 체구의 노인이었는데 두 볼이 소년처럼 불그레했다. J작가가 잭이라고 부르며 그를 맞았다. 그가 시동을 걸어보고 보닛을 열어보고 엔진을 살피더니 고개를 저었다. 거의 6년 동안 끌고 다녔는데 고장 한 번 없었다고 내가 말했지만, 그는 여전히 고개를 저었다.

"잔유가 엔진 사이사이에 찐득하게 끼어 고체처럼 굳어 있어요. 에어로 불어도 소용없겠어요. 점화 플러그 촉도 다 닳았고, 이그니션 코일도 교체해야 할 듯해요. 내가 가진 장비로는 수리가 힘들어요. 언제 정비했어요?"

정비소에 간 기억이 없었다. 지난 몇 년간 차에 신경 쓴 적이 없었다는 사실만 기억날 뿐. 나는 얼굴을 쓸어내리며 난감한 표정으로 서 있었다. 옆에서 상황을 지켜본 현진이 수리가 복잡하고 비용이 많이 들면 안전상 차를 바꾸는 게 좋을 텐데, 하고 걱정스럽게 내게 속삭였다. 틀린 말은 아닌 것 같았는데 선뜻 내키지도 않았다.

J작가도 현진과 비슷한 말을 잭에게 했다. 잭은 어깨를 으쓱하

며 자신의 의견도 다르지 않다고 말했다. 견인 서비스에 연락해 줄까 내게 물었다. 폐차시키라는 말처럼 들렸다. 수리가 가능하다면 더 끌고 싶었다. 오래 끈 차가 편했다. 그게 이유였다. 하지만 수리든 폐차든 견인차가 필요했다. 불러달라고 부탁했다.

견인차 기사가 내가 건넨 차량 등록증과 운전면허증을 먼저 대조했다.

"노아 해리슨이 누구죠?"

예상치 않은 기사의 질문에 갑자기 숨이 턱 막혔다. 노아라는 사람이 내게 어떤 존재였느냐고 묻는 말처럼 들렸다.

"차량 등록증에 차주가 노아 해리슨 씨로 되어 있어요."

기사가 내게 등록증을 내밀며 설명했다. 몹시 상식적인 질문이라는 듯.

"보험 카드에 기재된 이름을 살펴봐요."

J작가가 내 어깨를 한 손으로 감싸며 말했다. 현진이 얼른 글로브박스 안에 있던 보험 카드를 찾아 내밀었다.

노아 해리슨 & 미셸 은영 송

둘의 이름이 한 몸인 듯 적혀 있었다. 우리가 함께 존재했던 게 사실이었다고 내게 말해주었다. 나는 오랜 꿈에서 막 깨어난 사람처럼 두 이름을 바라보았다. 함께 목숨을 걸었던 서약서라도 발견한 사람처럼 보일 것이었다. 기사가 내 손에 들려 있던 보험 카드와 내 운전면허증의 이름을 서로 대조하더니 고개를 끄덕였다.

견인 차량의 갈고리가 단단하게 차 앞바퀴에 연결되었다. 빈 상자처럼 차가 들리는 순간, 내가 놓쳤던 노아의 마지막 모습을 본 것만 같아 망연해졌다. 현진이 다가와 내 팔을 잡았다. 견인 차가 시야에서 완전히 사라질 때까지 나는 붙들린 듯 그 자리에 서 있었다.

이제야 뭔가 다 본 것 같다고 느끼는 순간 이름 붙일 수 없는 것들이 여전히 내 등 뒤에 남아 있는 것도 같았다. 가끔 내 귓가를 스치고 지나가는 희미한 총성처럼 나와 함께 살아갈 것들이었다. ■

예심을 거쳐 본심에 올라온 작품은《끝이 없는…》《다정한 이웃》《꼬랑지가 개를 흔든다고》《한 티끌 남김없이》《세 개의 빛》이렇게 다섯 편이었다.

일단, 읽고 난 뒤의 공통된 의견은 '소설 읽는 즐거움을 얻지 못했다'였다. 진지하다 싶으면 너무 무거웠고 잘 정리되었다 싶으면 단조로웠으며 자유롭다 싶으면 지나치게 가벼웠다. 그래서 우리는 완성도보다는 작품 속에 숨어 있는 역량, 즉 성장 가능성을 찾아 들어갔다.

《끝이 없는…》은 베트남 참전 군인의 이야기인데 그 고통스러운 기억에 의한 정서 반응이 솟아나는 대신 '역사의식의 과잉'에 대한 걱정이 먼저 일고 말았다. 강박이라고 말해도 될 정도였으니까. 묘사와 진술에도 여백이 없어 몰입하기가 어려웠으니 보여주고 싶은 것을 자연스럽게 녹여내는 데 실패했다고 말할 수밖에 없다. '굉장한 역사 진실'을 지극하고 촘촘하게, 약간의 기교만 더해 쓰면 소설이 되지 않을까 하는, 종종 되풀이되는 실수를 이 작품에서도 발견한 것이다.

《다정한 이웃》은 접경 지역의 역사와 역설의 생태를 그린 작품이다. 이 작품도 진술과 묘사가 과도해서 최대한 많은 말을 통해 모든 것을 다 알려주고 싶어 하는 욕심으로 보였다. 그러다 보니 다섯 권짜리 대하소설을 장편 한 편에 억지로 욱여넣은 느낌이다. 소설은 '알려주기가 아니라 보여주기'라는 격언을 또다시 확인시켜준 셈이다. 거기에, 워낙 많은 캐릭터가 등장하다 보니 존재 이유와 상징이 서로 겹치는 부분도 상당했다. 소설은 의외로 많은 부분에서 발언보다는 침묵, 생략이 더 큰 효과를 만들어내는 장르이다.

《꼬랑지가 개를 흔든다고》는 명랑 소년만화풍이다. 나름의 의미가 있는 소재지만 등장인물들이 의도적 역할형인 게 가장 걸렸다. 생명력이 안 느껴졌다는 소리. 무엇보다도 위악을 베이스로 하는 설정은 스토리를 이끌고 가는 능수능란의 위트가 필요한데 거기에 못 미친 느낌이다.

결국 우리는 《한 티끌 남김없이》와 《세 개의 빛》 두 작품을 두고 최종심에 들어갔다.

《한 티끌 남김없이》는 처절한 인생을 처절하지 않게, 깔끔하게 처리한 점이 눈에 쏙 들어왔다. 4·3의 비극에 낯선 이들도 쉽게 접근할 수 있는 지점을 확보한 것이다. 하지만 아쉽게도 거기까지였다. 단조롭게 되풀이되는 패턴이 큰 걸림돌로 작용하고 만 것이다. 서사는 농과 담, 가속과 감속의 효과적인 배치가 있어야 텔링의 묘미가 살아난다는 점을 유의하면 좋겠다.

당선작으로 뽑은《세 개의 빛》도 단점은 있었다. 단조로운 구성, 자주 등장하는 우연, 에피소드의 객관적인 제시보다는 감정을 우선시하는 버릇, 같은 거 말이다.

하지만 적진을 향해 달려가는 단기필마라고 할까. 정체성을 찾기 위해 집요하게 파고든 덕에 폭력과 공포의 무늬가 분명하고 확실하게 피어나고 있었다. 출혈의 시작점을 끝내 찾아내고 말았다고나 할까. 거기에 디아스포라의 질곡을 깊이 경험한 자만이 만들어낼 수 있는 생생한 언어들이 그 집요함을 감싸고 있는 게 작가의 의도를 전달하는 통로로 기능을 하고 있었다.

당선자에게 축하를 보내는 동시에 조금 더 분발을 요구하자는 의견을 조심스럽게 덧붙인다.

심사위원　공선옥(소설가), **공지영**(소설가), **한창훈**(소설가)

작가의 말

버지니아공대총격사건은 2007년 4월 16일에 일어났다. 그때 나는 이민자라는 이름으로 미국에 살고 있었다. 범인이 스물세 살 한인 청년이라는 뉴스를 처음 접했을 때 받았던 충격을 아직도 생생하게 기억한다. 그의 이름 석 자와 사진은 너무도 '한국' 사람이어서 마치 내가 아는 사람이 저지른 일이라도 되는 듯 황망했다. 공통점이라고는 이민자, 한국 사람 단 두 개뿐이었는데 그 안에 깃든 것들은 셀 수 없이 많았다. 그 이유 때문이었는지 나는 누구 앞에서도 그를 대놓고 욕하지 못했다. 무고한 사람들의 목숨을 앗아간 범죄자를 연민하고 있다는 생각이 들어 매몰차게 나를 몰아세웠던 날도 있었다. 그러나 그렇게 충격

적이고 혼란스러웠던 기억들도 시간 앞에서 점점 희미해졌다.

2014년 4월 16일 세월호 사건이 일어났다. 숫자는 그 어떤 은유보다 명징하게 지나간 시간을 내 앞으로 불러왔다. 내겐 너무 익숙한 숫자가 불러온 충격 때문이었을까. 한동안 잊고 지냈던, 잊었다고 생각했던 그날의 총격사건이 생생하게 내게 다시 말을 걸어오기 시작했던 것도 그즈음부터였다.

한 이야기를 오래 품고 떠나보내는 일이 소설가의 일이라지만, 그리고 언젠가 이 이야기를 소설로 쓰게 될 거라고 예감했지만, 나는 오랫동안 한 글자도 쓰지 못했다. 내가 무엇을 쓸 수 있을까, 무엇을 써야 할까. 생각만 깊어지는 날들을 보냈다. 낯익은 슬픔에 어쩔 수 없이 꺾이는 존재가 인간이라는 생각이 문득 들었을 때, 내가 그 청년에게 느꼈던 연민의 뿌리를 추적할 수 있었고 조금씩 뭔가 쓰기 시작했던 것 같다.

이 소설을 집필할 동안 폭력과 슬픔 그리고 상실에 대해 더 깊이 사유할 수 있었다. 도움이 되었던 책들이 있다. 토니 모리슨의 산문집 《보이지 않는 잉크》에 수록된 〈그렌델, 악에 대한 물음〉에서 폭력과 악에 대한 짧은 서사시를 만났으며, 집필 기간 틈틈이 번역해 출간한 폴린 보스의 임상사례보고서 《모호한 상실》은 상실에도 여러 종류가 있음을 일깨워준 고마운 텍스트였으므로 쓰면서 배우는 시간을 보낼 수 있었다.

그러나 책은 책일 뿐이었다. 정작 나를 움직인 것은 폭력이 휩쓸고 간 뒤 남겨진 사람들이 보여준 성숙한 '행동'이었다. 버지니아공대총격사건의 희생자는 서른두 명이었는데, 추모석과 꽃과 검은 리본은 모두 서른세 개로 꾸며진 추모식이 열렸다. 희생자 가족들과 친구들은 스물세 살 그 청년을 '폭력'과 '죽음'이라는 이름 아래 동등한 '희생자'로 품은 것이다. 그들이 고통의 시간 속에서 분노보다 슬픔을 택했다는 사실이 놀라웠고 어쩌면 분노보다 슬픔이 희생자들을 기억하는 힘이 될 수도 있을 것만 같아서 오래 그 마음에 고개 숙였다.

《세 개의 빛》을 4·3평화문학상 수상작으로 뽑아주신 심사위원들에게 감사의 마음을 전한다. 문운이 따라준 결과다. 더 넓고 깊게 경계 너머를 내다보라는 격려의 상으로 기억하고 싶다. 그리고 누구보다 수상을 기뻐하셨던 어머니 현주령 여사. 어머니는 1935년 제주도에서 출생하셨고 현재 자식들이 있는 타국에서 여생을 보내고 계신다. 수상 소식을 전해드렸을 때 세 살 때 떠나온, 기억에도 없는 고향을 그리워하며 깊은 회한에 잠기셨던 어머니의 표정이 내 기억 속에 영원히 남을 것이다. 4·3에 관해 더 배우고 희생자분들과 그의 가족들도 함께 기억하며 이상의 의미를 다시 새긴다. 세심하게 원고를 읽어주고 조언을 해준 은행나무출판사 박연빈 편집자에게 깊은 감사의 마음을 아울러 전한다. 내내 든든했었다.

하루의 마지막 빛을 끌어모으는 마음으로 이 소설을 썼다.
작은 빛이라도 마음에 품고 오늘을 건너가는 사람들의 이야
기로 기억해줬으면 좋겠다.

2023년 늦여름
북쪽 방에서
임재희

세 개의 빛

1판 1쇄 발행 2023년 9월 18일

지은이 · 임재희
펴낸이 · 주연선

(주)은행나무
04035 서울특별시 마포구 양화로11길 54
전화 · 02)3143-0651~3 | 팩스 · 02)3143-0654
신고번호 · 제 1997—000168호(1997. 12. 12)
www.ehbook.co.kr
ehbook@ehbook.co.kr

ISBN 979-11-6737-349-6 (03810)